草木纵横

刘平萍 著

天津出版传媒集团
百花文艺出版社

图书在版编目（CIP）数据

草木纵横 / 刘平萍著. -- 天津：百花文艺出版社，2022.11
ISBN 978-7-5306-8321-7

Ⅰ. ①草… Ⅱ. ①刘… Ⅲ. ①散文集-中国-当代 Ⅳ. ①I267

中国版本图书馆 CIP 数据核字（2022）第 200175 号

草木纵横
CAOMU ZONGHENG
刘平萍 著

出 版 人：薛印胜
选题策划：胡晓童 **责任编辑**：刘佩莲
装帧设计：书香力扬
出版发行：百花文艺出版社
地址：天津市和平区西康路 35 号 **邮编**：300051
电话传真：+86-22-23332651（发行部）
+86-22-23332656（总编室）
+86-22-23332478（邮购部）
网址：http://www.baihuawenyi.com
印刷：成都兴怡包装装潢有限公司
开本：880 毫米×1230 毫米 1/32
字数：200 千字
印张：8
版次：2022 年 11 月第 1 版
印次：2023 年 3 月第 1 次印刷
定价：68.00 元

如有印装质量问题，请与成都兴怡包装装潢有限公司联系调换
地址：成都市金牛区西华街道付家碾村 6 组 152 号
电话：（028）86965207 邮编：610037

目 录

第一辑 草木纵横

第二辑　辛夷望春

第三辑　花动春色

第四辑　乡居有痕

第五辑　百草回芽

第六辑　登山见微

第一辑 草木纵横

CAO MU ZONG HENG

草木纵横

一个纵横，已过了千山万岭，江河奔泻，浩荡沸腾，迢迢不断。

温度到了着实让万物信赖的程度，草木也称心如意了，往高处向远处舒筋活络，欣欣然张叶开花，大地山川，笑语熙熙，互诉心思。

杨柳依依，枝条柔软，天生一副美人相，从春风又绿江南岸的温润季节出发，柳丝如垂帘，身姿曼妙，最好配吹面不寒的杨柳风，风咬着柳丝，时不时地拽着它轻点春水，春水荡漾。我坐在船上穿行柳间，沿岸观景，碧水青山，草长莺飞，船儿不疾不徐，我也不疾不徐。听水流哗哗，看山岚春色，有风吹，有鸟飞，柳下缓缓行，柳丝拂面，痒，痒到心尖儿上了。“我就这样一面看水一面想你。”沈从文在船舱里写这样的信时，船外的两边岸上是绿树青山，水则透明如无物。我一面看水，一面想你时，草木已葳蕤，新绿正纵横。

古村月夜访寻，一棵高大的杜仲长在山间，月光从叶片间透下来，我抬头看了好久，不晓得是在看树叶，还是看叶片之外碎零的天空，或许当时我只是需要一个仰望的姿势吧，多久没有仰望苍穹了，久得快要想不起来了，转过头，月朗星稀，大片大片的夜空就彰显在那儿。那夜，我听到周遭草木的呼吸声，还听到它们伸胳膊、踢腿的声响，我倾听着大自然的天籁之音，钻心挖肺。身体仿佛被漫山遍野的草木清气抬了起来，悠悠然地飘浮着，裙袂飞扬，绿浪起伏，忽远忽近。晨光熹微，炊烟在山间升起，鸡犬在草木间欢腾跳跃，山鸡一口又一口地啄着叶片上的露水，那只黑狗用晨露清洁，用力甩着身子，滴滴露水被甩到地面，落到一株泽漆上。

从前家中有棵葡萄树，干粗如儿臂，春天从冬天手中接过蜿蜒的枯藤。深埋地下的老根铆足劲儿指挥着枝枝叶叶开疆拓土，这是一幅动态画，以天空作画纸，藤描纸上，叶出藤，天天变样，如苍山蔓延。铺展开的藤叶间正忙着开花结果，结出天空之果，果实丰盛，人吃鸟也吃，鸟儿聪明，专捡熟透的甜果儿吃，也防它们，却总是防不胜防。幽绿的葡萄架下阴凉一片，吃饭，聊天，做做日常事务，架外的夏日时光如瀑倾流，光阴的小径上岁月不老。

秋风吹进我家屋后的桂花林时，开门见山，卷起馥郁的香气直接就扑倒你，不让你有思考的余地。汪曾祺说栀子花粗粗大大，香得掸都掸不开。我家满田的桂树，花开时，桂花细细小小，也是香得掸都掸不开的。是啊，一棵树的桂花香气已经招架不住了，更何况一大园呢？还好我跟它们比较熟，容我缓了缓神，搬张板凳，坐到门前的那棵老桂树下，静气修心，看云聚云散，看它们在风的助力下重叠、分离，正应上那句分久必合，合久必分。树上叶翠花碎，风沾了香甜紧紧抱着我，如你得闲，我诚邀你来坐会儿，陪你说说话，或者什么也不说，就这么坐坐，发发呆，或者眠上片刻，也是很好的。

褶皱的叶片被时间催发舒展，碧绿宽落的光阴踱着方步款款而至。草木在大自然里高立、平坐、宽行，研磨笔墨，饱读诗书，耕耘出一轴胸有沟壑、腹藏乾坤的大格局画卷。朝晖夕阴，气象万千，气势磅礴下的滚滚绿浪，心怀辽阔。

扛锄看花

我想扛锄去看花，不是葬花，那是林妹妹的事儿。

其实也不一定扛锄，亦可提酒、挎篮、拎包或者空手，为什么要写扛锄呢？因为林妹妹扛小花锄的经典姿势太好看了，所以还是扛锄吧。

我邀老友小徐一起去看花，小徐本身就是花一朵，她往花间一站，蜂蝶环舞，微风撩长发，无论是颔首低眉、回眸浅笑，还是远眺深凝，随手抓拍，每张照片都可做封面。小徐和我一起看过很多花。

春天刚醒，木笔花已经在初春时段行走江湖，此时大多数花还在闭关，如此一来，倒显得它有些孤独，其实人家早就热闹过了。屈原在《九歌》里的迎神之旅中就已经色彩浓烈地渲染过它，且看“乘赤豹兮从文狸，辛夷车兮结桂旗”，如此堂皇的车驾上，载满辛夷花，紫色盈盈的远古花车行走在飒飒的风里，玉兰花的清气也随风流淌到我肩上的花锄上。木笔花、辛夷花、玉兰花，说的是同一种花，初若笔尖，开时如莲。

我想扛个花锄和小徐结伴，陪明遗民张岱去看看天台牡丹，这儿的牡丹又多又大，径围大得要两手合抱，那个鹅黄牡丹更是在五圣祠的瓦檐边上交错伸出，盖满三间房，于是人们就在其旁边搭建了四五个棚台演戏，我且暂搁下花锄好好看会儿戏，戏台上的人也扛了个花锄，比我的好看，纤细玲珑。不知此处牡丹和洛阳牡丹相比谁更甚？我还想去洛阳看牡丹，看它究竟有多雍容端庄，有多气势如虹。最好坐船去，沿隋朝开凿的大运河缓行，穿过时光的舟楫耕耘出的水痕，去看唐朝的牡丹，看它的真国色是如何动京城的。我看过枯枝牡丹，有年谷雨时节，随一队骑友去便仓看的，传说很多，枝枯花艳香浓，是牡丹中的奇品。

那年夏天，我们几个同学相约去老同学喻先生的家中，他家房屋宽敞，窗明几净。新摘的葡萄、西瓜，新掐的韭菜薹，新揪的丝瓜，新宰的鸡鸭，新捞的鱼虾……堆满餐桌，两字形容——新鲜。屋外，绿正用一年中最浓烈的方式环绕四周，田野里庄稼抖擞，瓜果精神，有虫吟鸟啼，有蛙鸣蝉叫，自然界的热闹，更衬村庄和谐。不远处人家的大片梨园里，为防鸟儿啄食，累累硕果用网覆盖，这个季节我们直接看梨树的果实，跳过了春天的千树万树梨花开。我居住的地方，不长杏，因此杏花春雨没见过，梨花带雨倒是寻常。风清气明时更是一树梨花白如雪，最好配在青砖黛瓦的房舍旁，青青白白，色调冷艳。“玉容寂寞泪阑干，梨花一枝春带雨。”有些悲伤，仿佛看到一朵在风雨中哭泣的梨花。

也有开得喜庆的花儿，譬如“桃花依旧笑春风”，满脸欢颜，花蕊铺陈枝干，拉风且招摇，似乎听到银铃般的笑声已经翻过墙头，引来路人驻足注目。有年说好去看桃花，哪晓得就擦了肩，正懊恼，谁知“人间四月芳菲尽，山寺桃花始盛开”，却在野地处看到一株晚开的桃树，横生妙趣。

这个春天，我定会叫上小徐，再去与这棵野河边的临水桃树相会，但愿它还在。天光云影下看它，灼灼其华，顺便用锄头给日渐暖润的泥土松松筋骨，而此时最好恰巧有一朵桃花随风而落，坐在锄头上，和我们一起，看风起，看云涌。

桃花落尽菜花黄

春的脚步在试探中前行，才准备换春衫，一个料峭，刚躺进衣柜的冬衣，又忙不迭地整装出发。万物就在这冷暖变换间，配合着伸伸胳膊，蜷蜷身子，不经意时，藏不住的生机也都悄悄抬了头，芽嫩枝绿起来，再留意，已然争春的景象了。

去乡间看春，看大地蓬勃，是眼醉心醉，整个春天，从心间蔓延到全身。

像游过河间的一群鹅，在它们的鹅掌划拨之下，河水就这样潋滟开，直把河岸的桃花照得颤巍巍的，羞涩迷人。至水平静，立在褐色枝干上，胭脂红般的花朵又可临水照镜，顾盼生姿，更添一份粉琢妩媚样。除了桃园是将桃树一棵棵地栽种在田地中，庄户人家一般都是栽种在河堤边，这是节省农田的栽种法，无非是家中孩童嘴馋时有个交代，如今物产丰盈，吃桃是随时的事，却也少了生趣。

置身桃园看开得满满当当的桃花，自然是美到极致。还有一种观赏法，倒也情趣盎然，记得有次，我和他选了个绵绵细雨天，整个天地像被薄纱笼罩。他撑着家中的小船，我打着伞，伞中的二人，随船缓缓行，泛舟河上，看春天的河，两岸新绿，人家连着人家。不尽然每户都栽桃树，倒也是隔不多远就有，烟雨河上赏花，雾霭迷蒙中更增妖娆，雨打花瓣落，怎一个“落”字了得。是在柔风纤雨的轻抚中，扭转身腰，如蝴蝶优雅穿过花丛，又若仙般下凡尘，漂浮春水上，动魄的美啊。这一闪身，让出空间，为果实的到来劈开一条大道，就像在人生途中，一次次的蜕变，往往更丰富、更饱满。

这一落，惊得桃树下的油菜花忙睁开惺忪的眼，接过手，用它明晃晃的黄来续，续天地无尽的绚烂。河堤的油菜花，是零星的，是散漫的，无非是勤劳的农人舍不得边角剩料，加以整理，又是一块有作为的土地，辛勤耕耘，收获希望。

乡间长大的孩子，看油菜花很是寻常。记得小时候，我们几个丫头总爱在花盛之时，撅下柳条编成环，再瞒着大人揪些油菜花镶嵌其间，戴在头上招蜂引蝶。最好再用指尖偷沾些妈妈梳妆盒里落日红般的胭脂膏子，抹在油光水亮的脸上，暗暗自喜。

这次要看的油菜花，不沿河岸观，我们去看无垠的、壮观的、惊心的、忘了呼吸的。来到农场，原以为无非也就是多吧，可如此浩瀚，如此万顷，如此震撼，倒让我手足无措起来。

油菜秧是入冬后移栽的，现在有机械化栽种，倒能少些辛苦，但有些机械化难操作的地带，人工是避不了的。蹲在田间，一锹一棵的，吹着浸满寒气的风，风就从领口上、衣袖间、裤腿下，直直侵犯进身子骨。男人的帽檐被吹翻，女人的头巾也在寒风中飘扬，甩打在红彤彤的脸颊上，阵阵生疼，为渐显萧瑟的天地增一道坚韧的风景。等成片的田野上栽满油菜秧，在农人的翘首企盼中，油菜秧们聚足精神，和酷寒拼劲儿，历一次冷，根在泥里就多钻深一分，如此往复，等春风吹拂，待春雨湿润。

翠茎一寸寸地拔高，在稀朗的叶片间，争先恐后地打满花苞，似战场中的将士，只等一声令下，就会万箭齐发、万弹齐飞。那齐发的气势是逼人的，场面是壮阔的。仿佛一夜之间涂香晕色，是粗心的匠人弄翻了一桶桶的颜料，天地就这样被染成金黄，黄澄澄得连思考都是多余，不留缝隙地夺你呼吸，炫目得直刺心尖。那扑面的香气，如邻家的新嫁娘晨起启开的一盒香粉，瞬间弥漫。谁与争妍？谁与争妍啊！

每朵花四瓣圈着蕊静坐，像夏夜纳凉的孩童围着村里的长者，在蒲扇的凉风里，倾听他诉着古老而神秘的故事。平凡的四瓣花一朵挤着一朵，一株挨着一株，连绵到天边，是怎样一幅描不尽的画卷。掩映其中的房屋，仿佛是用丝线绣上去的，远处的树如随意泼洒的墨迹，已是扣人心弦。蝶粉蜂黄，它们约好来此蹁跹、忙碌，蜜蜂带着甜蜜归来，忙坏了养蜂人，那扑蝶的稚儿，已入花丛无处寻了。

油菜花黄得游人醉啊，就一醉方休吧，流连此间不想归去，心在迷人的金黄中被洗涤得清澈、明亮。恨不能舀上一碗醉人的黄，拌着洒在人间暖煦的阳光，轻啜浅尝，在此等待拥抱籽熟的欢欣。

堤有槐花

这是一场视觉上的饕餮大餐，在这暮春初夏的光阴里，让我费尽心思。

我说的是刺槐的花，它们就开在海风肆虐的海堤两侧，如雪泼洒，不遮不盖，不娇不羞，安静绽放。我固执地认为，能在恶劣环境下生长的植物，骨子里有与生俱来的坚韧和古朴，凭着这份独有，才能做到傲天傲地。

回眸望去，这种叫刺槐的树木一直根植在我的记忆深处，我的村庄的河堤，零星种植，不成气候。因为浑身长满钉刺，让人敬而远之，也有亲近之时，那是叶色鲜翠欲滴、花事缭绕如云之际，只见白绿相间，芳馥和雅。村庄寂静、河水清澈、黛瓦白墙、斜风细雨……静贞如画。馨香的灵魂该怎样游走在这幅画卷里呢？就用晋时墨、唐时诗、宋时词吧，这样才能把它的朴拙渲染出来。

谁能挽住时间不动？美人迟暮说的是它对容颜的毫不留情，日久见人心道的是它对叵测尘世的刺肉戳骨。而时间对它又是如此的至深至厚，流淌之间能把这个叫刺槐的舶来品，愣是雕琢出了中国水墨画的格调，清远，静气。

想起十多年前的那个冬日，他带我去海边的亲戚家，开的是摩托车，沿旧海堤前行，两边是刺槐林，树皮皴裂，色呈暗褐，枝干虬结，路上空无一人，彼时天空灰白，寒风凛冽，仿若刀割，顿时生了怯意。当时他的一句：“别怕，有我呢。”让一颗忐忑的心瞬间稳当下来，这个要和我共赴一生的人，是值得托付的啊。那天他许了个愿望给我：“明年带你来看槐花吧。”

次年春夏交接之时，他兑现诺言。日照晴和，惠风吹送，林苑茂密的槐树间，花似雪漫，眼前这一切是既陌生又熟悉，陡然间，一阵恍惚。这种终日站在此地与海风相伴、耐盐碱、耐干旱、抗风沙、生命力极强的树木，它有多孤单就有多伟大。温厚淳朴的穗状白花，瓷实地挂满枝头，以它的沉密神采赋予了花事渐浅时段里云奔潮卷般的浓烈。凝神屏息细观花的绽放，流转多姿得有节有奏，有徐有疾，有韵有致，极富美感。那份至简至朴，仿佛自然风景徐徐展开，那里有出岙的流云、穿岩的碧泉、风动的岸草，有藤飞竹摆、鹿鸣鹤舞、雨叩风帆……

刺槐是值得敬畏的，因其木质坚韧，根系发达，成长迅速，又不计较土壤的贫瘠或肥沃，丢种衔土即可生长，为了防潮固堤，20世纪被广植于海堤两侧及滩涂荒地。毫无遮掩的海边，风以长驱直入的方式侵袭着它，它都毫无怨言地承接下来，海水以苦咸灌溉它，喝还是不喝？除了将根须深埋扎牢，没得选择。只有把自己壮实牢固到能独自应对天地之间的所有风暴，这样才能庇护临海而居的芸芸众生，细密的年轮里记录了它所有成长演变的故事。

人世间走了101个春秋的我家先生的外祖父，经历了朝齑暮盐的年代。在缺衣少食的年月中，为了一家生计，寒冷冬日里总要撑船苦行上百里的水路到海边伐槐树的枝干，作为来年的生火用柴，槐树在这个普通的家庭里功不可没。寸木难买的年代里，刺槐是沿海人家的当家木材，是做家具的硬料，还有农具中的扁担、锹柄等，都是它。

不光材质用途广泛，花朵因为可食用，在荒年里还帮助许多人度过了饥饿。不为温饱而愁、注重养生保健的现如今，商家更是变着花样各显神通，把花朵运用到了极致，吃喝玩乐一着不让。被蜜蜂驻足的槐花，添了温情和生动，辛劳的养蜂人会为你捧出清新甜润的槐花蜜。用槐花做的各式点心，是跳跃在你味蕾上的极致诱惑。美容养颜的槐花茶在杯中翻滚浮沉，花和水的交织碰撞，让杯水世界有了流动的质感。提取的槐花精油的香气，会让在外打拼的你嗅到一缕不断的乡愁吧？枕着祖母用晒干的槐花作芯的枕头上，窸窸窣窣之声里，洇开了一个清香的睡梦。槐花盛开的季节里，被满满的幸福浸染着，乘兴而至的赏花人和铺天的槐花间的深情凝视，定格成一道绝美风景。

穿行在人生的路线图上，我相信，不管风雨来不来，总有一朵堤上的槐花在为我绽放，用它的芬芳朴实丰美我的行程。

宛如纯白茉莉花

网购了两盆茉莉花，踮起脚尖盼它来，终于到了，千层的包，万层的裹。拆开，似受屈的小姑娘，耷拉着粉脸，原也是躺在娘亲怀里撒娇的，在赌气吧，让它憋闷在包裹里，遭那旅途的颠簸，叫人心疼的哟。着慌地拿出早已配好的花盆，讨好般地摆放它跟前，只博它回眸展笑颜的楚楚。盆是陶瓷的，浅绿的底色，描着白色的花瓣，烘云托月样。挖开盆中的泥，给它一个安稳的窝，小心挪入，掖好土，用水湿润早已干涸的枝叶，这才从惴惴不安中醒来，端详它。

买的是两年的苗，受了这番坎坷，是折了气数的，似人浸了病，一副萎靡不振样，要调养。找来营养液，细心呵护，想它也是经历了两个春夏秋冬的轮回，由一粒种子始发，刚出的芽，是母体忍了万般的撕痛分娩的，经风历霜，熬着时间，一寸寸地抽枝生叶，不经意，米粒样的花苞就躲在枝柯间。眼前的这两株，期待，在绽放的那刻。日子一天天从指缝中流走，某日，丝缕的香在空气中隐约地游走，轻盈雅淡，寻，是几时的事？那个娇小婉约的花开了，初出香闺的模样，一副玉骨冰肌态，尔后，一朵又一朵，香气四溢，环绕着整个屋，醉在其中。有私语声，侧耳听，原是这素淡的花儿们在谈着心声，话着感悟呢。在说这一路来的风土人情，美好景色，幸好走这一趟，要不囿在那方小天地，怎知世上还有广袤的大地，巍峨的山脉，奔腾的江水，世间的温暖。只是舟车劳顿，倦了点，但在爱的滋养下，早已复苏。误读它了，如此的玲珑、质朴。

一日晨，去探望住院的友人，嘘寒问暖过后，听病友间闲话家常，像记忆里乡村的夏夜，劳累一天的人，聚在场前摇着蒲扇，说着天上的地下的、飞翔的奔跑的、你家的我家的，断章般。如今，红尘的追逐，又有几人能稳下心，舍得光阴，闲坐片刻，享受宁静。人在病中是易感的、脆弱的，局在这方小天地间，心事挥散不开。劝他们，老天在罚你们昔日的勤呢，谁让平日里一个个似英雄闯关般威武，歇一歇，修炼一番再奔赴吧。众人笑，也是也是。

谈笑间查房时间到，医护人员仔细询问，耐心检查，一个个病患也如吃了定心丸般。其实对病中人来说，除了精湛的医术解其生理的疾病外，来自医护的微笑、体贴、温馨也是一剂良方。心理的疏解，是沙漠迷路时天籁般的驼铃声，是走荒山后看到的凉亭，是逢久旱之际贵如油的清雨，是连绵不断梅雨后的阳光，更是黑暗中摸索前行时的一道光，照见路的清晰、通达。

卧谈会继续。其中一位说道，刚才那位最后关门的，做得比自己的贴身人都要细心，病房中的一位老人便秘，是她帮忙解决的，做儿女的不好意思，她只是笑笑说，这也是技术活儿，不要放心上。真的，有些事说起来简单，真动手做起来还是很难的。追出去，看她在隔壁病房低语柔笑，从窗外打入的一缕晨光正映在她脸上，动人，娉婷。

探完病折回后，屋中的茉莉花依旧着它的纯白、秀雅，幽香徐徐漫散，这无声的美是萦绕心头的甜，多像那个盈盈一笑的她，暖你心扉的她。“香从清梦回时觉，花向美人头上开。”煦风从外吹进，拂过花朵枝叶，微微颤动，这能摇撼天地的颤动啊。

香蒲恋

拐角那户人家，挨着东围墙放了口旧缸，注着塘泥，寻常得让人都不愿多瞥它一眼。

雨不来了，缸内原本拖泥带水，太阳使劲地晒，晒得泥土龟裂了数道缝纹，像极了祖母脸上的光芒。也没人浇灌呵护，任日晒夜露。雨终究是来了，又有了生机，一寸一寸地，显山露水地长，眉目宛然，绿就这样溢满眸底，浅柔的，深翠的，欲滴呢。这剑似的叶，剑气冲天啊，划寂寞长空，划绚丽阳光，划斜风细雨，划如梭岁月。初长成，是香蒲，是它，就真的不需要过多养护，我是知它的。多年前园内抽水造桥，大片的水面慢慢地变浅，水中央处露了尖尖角，而后漫开，一丛一丛，似翡翠般铺摊开，那样的气势，是远观的好。

夏风吹拂，掀起层层浪，馨香也就乘着风钻进鼻、入了心扉，褐色的花穗似蜡烛悬在其间，要去点燃它吗？颤巍巍地摸索过去，踩着岸边树上蝉声的拍子，翠鸟在叶上翩跹，是想和水中的鱼儿有场约会吧？几只蜻蜓在剑端微步，出尘得很呢，这是近观的细腻。

端午时节，它华丽登场，舞台是千家万户的门前，和永远的搭档艾叶，在这幕经典剧中一年又一年地倾心演出，直到地老天荒。之后再从点滴开始生长，也就个把月的光景，又出落得娉婷动人。它的草芽可食用，蒲黄有药用和滋补功能，蒲草还是造纸和人造棉以及编织生活用品的原料，周身的宝。

很少有人用雅致的瓷器养它，也就一口瓦缸，还放在露天的角落，有时也栽上慈姑配它，无非让那乡野之趣更浓些。

它不是藏在深院的娇贵，却是柴扉内的碧玉，平凡朴实得像一曲乡村民谣，任人吟唱，在蜿蜒流淌的河边，在广袤无垠的田野，在峰回路转的山川，用满腹的爱，慰这世间的冷暖。

林密鸟喧起

在南京博物院里看陈之佛的工笔花鸟画，画中鸟雀或孤芳自赏，或月下双栖，或低头觅食，或昂首飞翔，姿态万千，用桃花、荷花、山茶花、梅花等配之，色彩鲜明。流连忘返之际，有鸟喧自我的清露年华传来，久萦心怀。

一直认为人与城里的鸟儿，是做不了近邻的。有时想，那住在城里的鸟儿会不会是和家人走散的孩子，孤苦伶仃地待在钢筋水泥丛林中，在异乡颠沛流离，内心该有多孤寂啊。它们的故乡该在广袤的乡野、在繁茂的山林，那里的点滴晨露，成片雪花，每阵风，每场雨，每道闪电，每声响雷，那里凌空篆刻的日光、月色，才是和它们肌肤相亲的呀！

友人带我去她海边的家，正值夏日，车子一路向东，开窗悠闲看着风景的我，忽然感到一阵凉爽宜人。抬眼看前方，铺天盖地的绿扑面而至，心忽地被揪揉得褶皱起伏，下车时，迎面的绿把我冲击得打了个趔趄。林密，望不到尽头。反正看不到头，索性就投进它的怀抱吧，来一番深情相拥的亲热，也消了我无穷尽的相思。此时我的心仿佛刚打磨光鲜的耕犁，镀上亮眼熠熠的光，犁过心头刚解冻的春土。如此蔽天浓阴里，听，鸟喧腾腾，那么热闹，那么生动，在这样的夏日里，因为密林茂茂，倒生出清凉自在来。

突然想起我的老屋，临时起意回去看看。特意走的旧海堤，两边的树木枝干纠缠，形成绿意盎然的穹顶，漫长的绿色里，又有多少鸟雀藏在其中？

村庄重新规划时，祖屋是从原处抬过来的，初来乍到，四周荒疏。父亲在房前屋后植了许多树木，水杉、香樟、女贞、银杏、桂树、桃树、柿树、梨树……十年树木的等待里，果树的成长最直接，残果落里听鸟喧，声声划过洁净的河面和岸边的柳树叶儿，穿过深深的竹林，抵达生了细碎怀想之心的我，这时的我已到了能从王维的“人闲桂花落，夜静春山空。月出惊山鸟，时鸣春涧中”听出洁玉无瑕的年华。

近乡情怯，翠绿莹亮的林木，还有那些伴我一路走来、翩跹其中的鸟儿。

留宿。空庭微语，水田蛙鸣，枕一方天籁入眠，无梦的清澈睡乡里，风烟俱净。似有鸟儿的低吟从遥远的地方传来，渐行渐近，已敷贴到我的耳根了，“唧唧”“啾啾”辗转回旋里，拉扯开睡眼，啊，乡野村闾的晨光乍泄。“麦黄草枯”的布谷鸟声里，早起的人们已在田间了，劳动的身姿是优美的，从胳膊到腰肢再到腿部，都彰显着雕塑般的力量感，那皮肤和肌肉因为运动，都闪现着动人的光泽。土地是辛劳的，劳作的人亦是，哪肯闲，哪能闲呀。刚收割好黄灿漫天的麦子，赶紧修整满地狼藉的沃土，注水插秧，仿佛一夜间，嫩乎乎的秧苗就颤巍巍地站在水田里了，它们顶风迎雨，藏蛙叫听鸟鸣，畅达且浩阔，好如帆樯云集，艨艟联翩，欣荣一片。不远的河道旁有着乡村土生的杂树，柳、柞、桑、榆、楝、槐、榉……以自己的方式生长着，上面有盘踞的鸟巢，数量的增多，也是人与自然和谐共处的标志吧。

如今，堆堆叠叠的岁月里，经历了与亲人生死离别这种世上最悲恸的事情，心上的锋利，也在滴答流淌的时光中泛起钝意。此时，在我的翠峦碧崖上，茂林修竹里，听众鸟齐鸣，即便是在春涧里聆听，也会听出夏的炽热，秋的清凄，冬的凛冽。

水生植物的底色

暴雨过后，站在水乡溱东的田间，苍穹下是恣肆汪洋的绿，即便绿意葱茏成这样，也压不住升腾上来的燠热，连绵阴雨下，是该热一热的了。

那么，就围着水田走一走，看一看吧。菱、稻、荷、慈姑、菖蒲……这些养育在水中的植物，绿和绿的组合，紧密、有序，绿色家庭里的枝繁叶茂，在热浪里汹涌，各有各的澎湃，各有各的激情。它们的底色里蕴涵了什么样的生命张力？又经历了怎样的刻骨铭心？用眼神与其触碰，感知灵魂在战栗。

深处种菱浅种稻，不深不浅种荷花。

路之南，一塘又一塘的菱，在阔远的天空下远望。与高茎宽叶的荷不同，它密匝匝地平铺于水面，将水的一腔情意深藏。菱的可喜变化，在与水的肌肤相亲里，水知道得一清二楚。何时展叶？何时开出细碎的小白花？菱角又是怎样隐不了身段地日日生长？一队采菱人，坐在木盆里，所经过处，划开一道明亮的水路，少顷，菱叶遮蔽过来，又复原状。天空轰隆，雷声大作，我们快步到不远处的杨树夹道的小路上，站在高出水面的路上，居高临眺，水韵悠悠。采菱人早有准备，将大伞捆绑在木盆上，遮阳避雨皆可，烈阳下或细雨落时，照常可以劳作。听正在忙碌的养菱人介绍说，今年雨水多，影响了收成。我们来时，菱角才开采不久，算是赶了个早。待到中秋过后，采摘结束，菱塘就要清理、晒塘，为来年做准备。菱角这种植物的生长对水质的要求比较高，水乡溱东正好拥有大面积的优质水源。仲春时播种，季夏孟秋之际收获，辗转三季，冬时修身养性。

水稻穿戴整齐，呈士兵列队样，绿意厚实，堵在水乡的田野上，像是把时间也堵住了。我们置身其中，拦不住的鲜浓的绿，油亮亮地大团铺开，满世界热烈地跑着，在刷天地之新。风起，水稻立时泛起波涛，稻根部的水流，像农人身体上涌动的汗珠，更多的经历在风浪里颠簸着，碎了一片寂静，睡蛙惊醒，用声音呼应。起伏的稻海里，细碎绵白的稻花开着，柔柔地抵至你的目光，平凡的小花用时间熔炼深邃。近在咫尺的动魄惊心，无声地翻滚在稻叶、稻花和即将成型的稻穗上，它们在酝酿，酝酿着一个丰收季的来临。

行至荷塘，花谢莲蓬生，过了如烈焰般的繁花似锦，荷叶有了自己的想法，它野性十足地拓展自己的营地，青青的叶，严严实实地覆满一池水。深厚的水汽里，新的生命在孕育，不久的将来，是藕断丝连的缠绵。蜻蜓划过无穷碧的接天莲叶，雨水盛放在摇曳的叶片上，清澈，晶莹，大珠小珠，来回翻滚，时散时拢，可谓分久必合，合久必分。侧耳倾听水珠的滴落声，似天籁，天地清明在一颗水珠里。有时，一塘荷会高过云朵，而天空的云朵亦会低过荷风四起下的白藕。天在笑，荷在笑，飞翔的鸟儿在笑，看荷的我们在笑，笑声化解了深壑险峰，转个身，又是一个晴天。

水底积淀的意志，散布到人间的水上气息里，它在感叹岁月斧迹刀痕累计中的深刻和艰难。这些植物在水波粼粼的眷恋里，鼓凸的生命力量，绷紧在水乡大地，大地流水，宽大的水面上，植物楔进自己独特的形态，水韵流淌，泼亮了整个天地。

东篱有菊

这几日，人掉到旧光阴里了。是路旁那丛菊勾起的，一朵朵，围着白中漾浅紫或黄里透清亮的裙裾，托着鲜黄的蕊。秋风过，那百媚生的俏模样如仙子一般，惹你俯身亲之，清幽、淡定、弥漫，仿若置身云端。

忆起多年前，有段时日，工作、学习、情感闹得心焦，如困兽，四周突围无能，日子在叹息中过。人，瘦，拼命地瘦，比黄花瘦，镜中的脸，粉琢退去，暗哑袭来。年岁正韶华，不让日子灰淡，寻出口。

幸好单位院墙外有广阔的田野，走，去天地间舒展，在阡陌中行，数垄上稼穑。看早起晚归农人的洒脱，滴入泥中的汗是勤的种，在岁月流转中生根、发芽、结籽。行至河边，蹲下，冰冻初开的水面，潋滟，河堤上依旧是冬的气息。随后几阵如丝般的微风吹拂，再紧着几场如粉的细雨飘落，河岸，田野蒙了层薄绿，让绿来清涤心的尘埃、解纠缠的结吧。沿河岸停停走走，遇上几摊淡绿，似云般浮在堤上，丛丛簇簇样，让人以为是蒿类的野草，不上心的。

一日下班，隔壁宿舍的同事门前摆放着十来个花盆，扦插着苗，一段也就留了两三片叶，像蒿，问询知是菊花苗。笑，是菊就要围竹篱笆来造意境的，“采菊东篱下”嘛。同事是位可爱的老人，不几日，真的找来竹，忙碌起来。看盆中的菊吐轻翠，芽日日生，叶片片展，十来盆齐发，果真是“遍绕篱边日渐斜”啊。想起河堤上那野草，许是菊呢？掐枝叶带回辨认，真的是，叫人心欢喜。

气温渐升，庄稼的绿，花儿的艳，仿佛大军压境般席卷。整个天地盎然，在晨起夕落中游走，掘天地的大气，祥宁，闲淡。菊开是心头的盼，家养的，在主人的悉心照料下，出落得呈足食丰衣状。野生的，乱蓬蓬、泼喳喳的，像极赤脚的乡间丫头，散落的辫子在风中飞舞。不经意间，花骨朵若小姑娘头上的抓髻立在枝叶间，又似那含情的少女咬着帕子羞涩着。

秋风秋雨走过，天地被撑得高亮、澄明，风里挟带的凉会沿着毛孔钻入你骨髓。夏的炎日像床上的竹席，被卷起收藏，指待来年的露脸。秋来了，菊花就要开了。开了开了，菊花开了，清晨的梦被欢呼声打断。急起，推门看，等了两季啊，那初开的几瓣仿佛刚脱离母体的婴儿的眼睛，怯怯地打量着四周。飞奔去河堤，也开了，也开了！同一夜，难道它们是走散的双生子？如此的灵犀相通。要采摘下吗？不忍，那么艰辛地汲取春的绚烂、夏的繁茂，便由它在天地间吐露芳华吧。遭世人的误解，它也不慌，依旧淡然地长叶开花，笃定会有破茧成蝶的一刻。

菊开的那天，心中的黑幕渐被掀开，一点点地亮堂起来，以冲淡的心情去了解每朵菊花开的心思，困惑在次第绽放的菊花中释然。有如泡的菊花茶，水在杯中，菊在水中，轻轻的，淡淡的。

冲上云霄花自放

是临街的一道旧院墙，蔓延半墙的赤黄色花朵，镶嵌在绿蜡似的叶上，像夜幕下的万家灯火，闪烁着光芒。远望，宛若一抹云彩，不知它的名儿，只看它恣肆地开。

不想寻它个究竟，就让其在心头缠绕，一年又一年。每当绚烂时节，总爱隔三岔五绕道去跟它亲近一番，解心头的相思。仿佛青青校园时光里的，那个骑单车的少年，惊鸿一瞥后的心颤，烙在心迹，萦回多年。

夺目的花朵携手绿叶，伴着云海苍天。许是厌了墙内的寂寞，探出身跃上墙头，艳艳地从墙内攀至墙外，来感受尘世的喧嚣。几度欲走进墙内去，看它人前的璀璨，身后又是怎样的？却步，就欣赏台上的纷呈万千，台下功夫的如何，只放心底揣想。

偷得浮生半日闲时，躺在露台的卧榻上，任带着秋草香的阳光轻抚，看落在掌上的秋天日光，一寸寸漫涨。惬意地翻阅着手头上的书，无意间看到凌霄花的图片，仔细辨认，惊，是它，是凌霄花！梦萦魂牵多年的结解了。这喜，是“蓦然回首，那人却在灯火阑珊处”的欢欣，如多年后的邂逅，从前的少年已然成长，那样的君子谦谦，温润如玉，仿若秋天山顶的风，拂过身的舒畅。去看它，一定要去看它。

选一个霏霏秋雨的天，心激起阵阵涟漪，固执地收起雨伞，任细雨斜风摆渡。行走在微带凉意的雨中，看身边行色匆匆的人，看他们诧异的目光，是啊，一个有雨伞却不撑的傻子。谁知我心？那是拨开云雾见天日的激动啊，越临近越紧张。

就这样战栗着来到它的面前，有心地搭配着和花同色系的衣衫，是人比花娇还是花比人艳？当目及满地被愁煞人的秋风秋雨吹打凋零的花朵，心疼地捡拾，顷刻盈怀，脸埋进花中，与之亲昵。起身，痴痴地凑近，枝叶上颤颤巍巍未凋谢的花，似一个个小金钟倒吊着，依然开得热情奔放，不肯低下身段。花瓣沾染着秋的雨水，透亮得越发润红，闭眼感触它，已植于心田。

深吸口气，决定走进那扇小门，提足的瞬间，心是紧的。这么多年都未曾探究，一直梦幻着，今天却要寻它，寻它台下数年功的艰辛，竟有些许胆怯。

原以为如此美艳的花定有人专心呵护，哪知竟随意生长在墙角边。没有肥沃的土壤，无畏环境的恶劣，褐色的枝干顽强地倚着墙体往上蔓延，跃过墙头，看似柔弱的藤蔓执着地蓬勃生长。它在苦难和寂寞里修行，守着这份坚韧，握住哪怕一丝希望，也要冲天，冲天去看云霄外的天空。

桂花香糯，秋日一场喜相逢

秋意浓酽，桂花开时，香糯还未成熟，一场欢喜相遇在秋风里，翘首以待。

祖母屋后有一个桂树园，花开繁盛时，有多少路人醉倒在它的馥郁香气里？桂树是有意思的，看似平常无奇的绿意葱茏，枝干蓬勃，可它的花朵在入秋后花的盛宴上，是绝对的主角。你瞧它密密匝匝，细细纷纷，一副不惊不扰的模样，可那撞鼻的香气，是想低调都做不到的。翠华之下的朵朵清新，你以为是要跟你拉开距离，实际上它已将自己的身子骨结结实实抛到红尘里了，那挥散不去的香气早就浸满烟火气息，也算它不枉世间走了一遭。

每年采集桂花是件盛事，也是件拨动心弦的事。虽说屋后有个小小桂树园子，但我们要的桂花，都是从院门前那棵和我同年的桂树上获得的。这棵树是父亲手植的，初时长在院内的水井旁，十几年前老房改造，将它移到院外近河边处，屋后的桂树园里有不少它的子孙呢。

采集桂花时，母亲必会拿上她早已备好的、大小相当的两大块干净的布料，一块塑料布，一块白色棉布。选个云淡风轻的晴好日子，晌午稍后些，等花瓣上的露水蒸发。树下膏土微润，先平铺上塑料布，防潮防虫，再在其上放好白色棉布。竹竿拍打，花落如雨，纷纷扬扬，些会儿的工夫，黄花落叶点缀白布，自然绘就得一幅流畅若云的画卷。

桂花这上半场戏结束后，那下半场就轮到糯米了，是香糯。

我所处的地方，香糯的出场总迟于桂花，它是赴约的恋人中，晚来的那位，桂花的浓香和糯米的清香在时光中等待碰撞。

自从有能做主的田地开始，祖父总留小块田插上香糯的秧苗。幼时的我就知道，那些有别于其他稻田的青青秧苗，长出的米不是能随便躺在饭碗里的，要等到端午、冬至、过年这些重大节日和节气方可浓墨重彩地登场。后来因家中桂花盛开，在秋日里让它们有了相逢，就像苦恋后的恋人终于得到家长的首肯，那种大出意料之外的欣喜，是不可言语的。

糯稻成熟时，割下，晒干。因为种植不多，祖母格外珍视，从不假机器之便利，总是亲手捋下稻谷，舂米。做年糕或汤圆之类的吃食，要将之磨成米粉，此时石磨就在寂静的院落里嘎吱嘎吱地转悠起来，都是纯手工的活儿，处处散发着原始的气息。此种劳作方式，一直持续到前些年她动了次大手术才停止。其实民间好多古老技艺，就这样在时光中流逝了。

深秋时，桂花香糯终于迎面相逢。从密封的贮藏罐中一勺又一勺地请出桂花，香袅之味一下子卷住香糯的淡远清气。桂花八宝饭的甜，桂花糯米糕的软，桂花汤圆的黏，桂花饼的酥，桂花糯米酒的绵……在你侬我侬的深情相对里，知心相守。

秋日向晚，泡壶桂花茶，摆盘桂花香糯的点心，品它们在唇舌间的喜相逢，水中桂花的起落浮沉，让幽幽秋思在香气中尽情缭绕一场。

苘麻的时间荒原

一棵苘麻站在草野之上瞭望，身上的蒴果在风中产子，粒粒落在泥床里做梦。春天，它将启动能量，张裂外皮，舒筋活络，伸出头颈来仰望天空，感受拉引它的日月星辰、雨露风霜。

我坐在老屋旁的河边上，此刻乡间的草木已经葱茏铺开。苘麻早醒了，露水在夜间毫不遮掩地与之亲昵，爬满它挺拔的茎秆和覆盖细软白毛的叶片，晓色中泛出纯然的光泽，令人窃喜。巴掌形的叶子以伸展的姿势向周围乡邻发出友好的讯息，橙黄色的花，半开的形如风铃，绽放的状若扶桑，安静内敛，有幽居深山的禅意。

祖母灶膛里的火已燃起，炊烟像一尾银白小蛇蹿出烟囱，向上游行，惊动了屋后小树林里的鸟雀，叽叽喳喳个不停。灶台上两口铁锅，一锅煮粥，一锅蒸馒头，馒头是祖母依循老法做的。今夏新收的麦子出的面粉，是祖母左趟右趟请村里唯一的加工米面的作坊畲的，如今购买方便，很少有人再到小加工点畲面粉了。用做发面的引子，本乡俗称“酵头”，是祖母自制的，米饭和麸皮揉团，用鲜绿的苘麻叶包裹，棉线捆绑好后悬挂在厨房通风处。过些时日，米虫钻出，苘麻叶色褪，酵头坚硬，用时切块碾碎，水化好后和面。小时候还以为是东西坏了，叫嚷着要扔掉。在不能等待的当下，如此耗费时间的做法，也只有祖母这样往时间深处走的人才有耐心吧。

乡晨，初阳穿过叶片，星点般地落在树下的小木桌上。瓦盆里盛着黏稠的白粥，米油上浅浮了层不着声色的绿雾，刚出锅的老酵馒头热气腾腾。头晚灶中余火炒的干蚕豆，今早用沸水泡开，半软时沥干，拍三两瓣蒜，撒盐淋油拌匀，嚼之有韧性。一碟新菜油炒春咸菜，吃到春天的气息。露水田里刚摘的菜瓜，洗净切片装盘，脆嫩清爽，蘸酱食之，瓜淡酱浓，有漾漾水面站一茎老荷的韵味。祖母的黄豆酱色香纯正，屋后留种的几棵苘麻派了用场，采摘来的苘麻叶铺盖在拌了面粉的熟黄豆上，催其发酵，发酵好坏是做酱的关键，一缸好酱，苘麻叶功不可没。

苘麻的效用，从最初做衣服、鞋子的原料，到后来的搓绳索、编织麻袋等，在塑料横行的时代里，这些功效渐次消散了。从村里老人的口中得知，以前吾乡也有种植，多是利用零星边角地带，如今早就不当其为作物，已等同杂草了。或许作为药材，还有地方为它留有余地吧。它们在岁月里步步后退，隐逸到地平线上。还好诗经里留下了它的身影，“东门之池，可以沤麻。彼美淑姬，可与晤歌。”男女说唱里洋溢的欢乐，冲淡了劳动的艰辛。

夏晚散步，路过一片开发地，藤蔓在废墟上铺爬，覆了一地，而数棵苘麻从凌乱的砖头缝隙里拼出自己的天地，有乱世出英雄的意思。月光盈盈下，迎着夏风的苘麻，婆娑生姿，孤傲高洁。脚下有小虫相伴，鸣声如织，远处稻田里的蛙叫此起彼伏，与它遥遥相对。我知道，不久这里的机器声将会掩盖自然界的声音，冰冷的钢筋水泥森林成为这片土地上的新贵，一拨拨的人住进上无片瓦、下无寸土的空中楼阁。而苘麻这样的植物，又会有几人识得?

祖辈们逐渐消失，老宅也会在时光里斑驳，不甘平凡的我们，摧毁了许多缓慢而珍贵的事物。我想留住一些古朴的光阴，比如用苘麻半磨形的蒴果，将它似月亮般圆满的图案，刻在记忆中，就像一枚古老的神符，来回穿梭在时间的荒原里。

第二辑 辛夷望春

XIN YI WANG CHUN

辛夷望春

辛夷没有失约，春寒恻恻里，在大江南北正经历一场病毒的肆虐之时，它如期而至，依旧笔笔生花，为春天欣欣然绽放，什么也阻挡不住生命力的催发。

上班途中，会遇到许多棵辛夷花树。辛夷，中药名，又名木兰、紫玉兰。它们站在绿化带中，与重复巡回的四季相随。以热爱为耳，聆听大地；以执着为眼，守望天空。在光阴蹉跎中，迎来一个又一个春天。

谁为辛夷痴？辛夷花开知为谁？

千余年前，住在辛夷坞的王维，人寂山深。辛夷花惊艳着这片山野谷地，惊艳着这里的早春，是否也惊艳了有着“空寂”禅心的诗人？满树无叶，毛笔头样的花蕾布满光秃枝条的最顶端，温度像从山下上升的烟气，缓缓地暖融着，日日推进，笔头一点点蘸染着时间的水墨，饱满起来。“木末芙蓉花，山中发红萼。”云蒸霞蔚的春光里，白云游移，花萼鲜红浓烈，花朵奔放绚丽。“涧户寂无人，纷纷开且落。”深涧里，纷如雨洒的花瓣，能听到它们的落地声。有人观也好，无人赏也罢，自开自落，顺应自然之本性。

少时不识辛夷，但名字叫玉兰的姑娘，倒是听过和见过几位，也许她们也不一定认得玉兰花，玉兰两个字适合取人名。没有绿叶相伴，这种如莲般的花朵，裹着春风的钟爱，着一身微寒素心开放，生出亲切的况味。

清寒寂寂的记忆里，世间有花名曰辛夷，虽还未与它相见，却有一种柔情和诗意缠绵在我的青春里，遐想的情愫掐也掐不断。后来，与它相识，见到实物，再后来，又有了文字和画的填空，魂牵梦萦的小苗种在心尖，日复日，如藤蔓般滋生开来。

老屋历了风雨摧残，冰霜剥蚀，渐渐斑驳了，我想修葺，想在累身累心之时，有一处遮雨避风之所，藏身在此，藏心在此。

到时，就在门前的河堤上，植上几棵辛夷花树，与它们共度。春日煦暖，邀知己闲坐，朵朵胭红从明媚的唐朝的诗行里走来。喜欢写生的朋友可以前来，在空地摆画案、支画板，水墨画、工笔画……都行，取几支横斜枝条，缀上数朵姿态各异的花儿，有花蕾紧敛的，有含苞待放的，有盛开极致的，配两只黄鹂栖息枝头，或配一只留恋枝间，另一只半空飞翔，神态呼应。做背景天空的颜色，水墨画就用留白，埋下色彩，空白渲染；工笔画就用蓝色，放弃杂念，蓝如绸缎。一幅画，你中有我，我中有你，风致很好。

花树临水而居，水里也开满花朵，一河的花儿，随波摆动。站在树下，风吹着我，也吹着它们，不知有多少双眼睛在花丛间扫视，其中，我的目光停留最久。应风而落的花瓣，浮在水面，与水中的花影，相依相偎，落水的声响，惊了鱼虾，惊了水草，惊了水边芦苇间一团团墨染似的蝌蚪们。

清晨，春阳穿过大地万物，把人间照亮。我的辛夷花树沐浴在曙光里，微醺，趁着它的醉意，偷偷摘下一些，做辛夷花酥，做花饼，做花酱，做花茶，做齿颊留恋的事情。

辛，温是它的性味。发散风寒，通鼻窍是它的功效。《本草纲目》《本草经疏》等里面均有它的身影。从用清芬淡雅的花朵，勾勒春天的赏心悦目，到赴汤蹈火翻滚在褐色汤药里，成为世人祛病除痛的药材。一朵辛夷花精彩地完成了属于它的升华，这是多么富足的一生啊。

时间的石上，苔痕横啮，运不回的流年，返不去的岁月。人生的进程里，有过丛林茂盛，花香满径，也有过崇山峻岭，坎坷不平。未来，有梦想支撑，那是我内心鼓起的花蕾，年华绽放里，期盼每一个春天的到来。生命的弧度，像辛夷花瓣的边沿，划拨开来，仿佛湖水在心间荡漾，涟漪清澈，深邃又朴素。

剪春罗

沉睡的植物从软润的膏土里苏醒过来，有匍匐前进的，有乘势而上的，都以自己的行走方式纵横天地。

喜欢这样的季节，新绿喷吐，花香萦鼻，瘦山逐丰，水面渐涨。我钟情此时的村庄，因为我是村庄的孩子，村庄的春天是浩繁的，浩繁得你来时，只恨自己少生了几双眼。植物们从春天伊始，从大地的底层开头，静默无言地成长。

近来内心回归自然，回归衣胞之地的想法越来越强烈。许巍唱道："生活不只眼前的苟且，还有诗和远方的田野。你赤手空拳来到人世间，为找到那片海不顾一切。"真能做到歌词所愿？如今我已是"膝下多了个少年，少年一天天长大，有一天要离开家，看他背影的成长，看他坚持与回望"。是啊，他带着我的骨血，是我生命的延续，我要看他长叶开花结果，在他成长的行程里，眼前这段，正是要我灌溉、呵护的时候。于是我在"不顾一切"上开始打折，变得左盼右顾起来，如微粒般的我，难道真的就无法逃避尘世喧嚣？

然，我相信世上定有一种植物正对应着我的灵魂，它是我心头任再大的风也吹不散的古老民谣，这首民谣是用一根青翠的芦笛吹响的，尽管音色单调，甚至带着野气，但笛膜已被夜露滤得清亮而滋润，欢悦的节奏将会穿过晨雾，送到辽远的橘色或脂红的流云边缘，于是云朵松开紧握的双拳，无数道光芒从天铺展开来，渗到大地上枝枝蔓蔓的叶脉里，渗到我的身体中，抵达我的血肉、经脉和骨髓。

想起多年前与多年生的草本植物剪春罗相遇，从此一眼万年。“剪春罗”三字很动态，一个“剪”，就撩拨出了隐隐青山，迢迢江水，漫漫春色。它用“剪”亮明了自己的生长姿态和精神状态，剪除了病痛和苦难，剪出了大爱和坚韧。

《本草纲目》里记载：“剪春罗，甘，寒，无毒。二月生苗，高尺余，柔茎绿叶，叶对生抱茎，入夏开花，深红色，花大如钱，结实大如豆，内有细子，人家多种之为玩。”《证治要诀》中写道：“火带疮绕腰生者，或花或叶，细末，蜜调敷。”它剖开内心与顽疾抗争，敬重它，敬重这些依地而生的草药吧。

能入药的植物大多是苦的，我想是因为大地是苦涩的吧，它将苦或浅或深、或轻或重地释放到植物身上。是啊，人要在这个浑浊的世上如何保持高洁的情操？咀嚼植物最本真的味道，让它来洗涤心灵，归还到最初的简淡和朴拙。

初识它，是在村里周老先生家的墙角边，老先生为人谦和、乐善好施，又懂医，深得众人爱戴，他拥有的那些医技医术，深邃且神奇，稳若松柏的他好似一部古老的典籍，深藏在民间。我的母亲，曾无比信任地将年幼生病的我，一次次交付到老先生的手里，祛除病痛。随着他的离世，因没有传人，他的毕生所学也跟着烟消云散，除了喟叹又能怎样？在多数人还不识字的年代，民间许多技艺，言传身教这种传授方法的重要性是显然的。时至当下，许多传统文化的挖掘和抢救，如果仅仅停留在口号上，光在面上下功夫，如此这般折腾，独怆然而涕下也只能是文学表达了。还好那些光阴岁月里的见证者，那些生长在墙角的剪春罗，它们是知晓的。

于是，我扑进大自然的怀抱，走近这种叫剪春罗的植物，俯身低嗅它的气息。它依旧不变的步伐，踩着时间的鼓点，在四季里轮回着。橙红色的锯齿花瓣，多像卷笔刀绞过的有棱角的铅笔皮啊，那是木头在利刃上阵痛后的形状，当它的花朵绽放时，季节已到夏，此时亦可将它唤作“剪夏罗”了。

聊寄一枝春

驿使何时将那支梅花带到陇头人手中，已无从知晓。反正江南的梅，在“嗒嗒”马蹄声中，将陆、范二人的友情，裹着清香灌进风里，吹拂千余年了。

《荆楚岁时记》里是梅花始，就是说它打头，但凡排在首位的自然不能矮降，要起表率作用，在这方面梅花做得不错。地冻天寒里，凌寒独自开，一出场，风骨高洁，姿质清绝，这可不是谁都能做得到的。它不仅做到在严霜凛冽里开花，还做到了为有暗香来，那就更不容易，事情做了，低调处理，端的是暗香，是隐约的香气，不张扬，是的，很安静，很清润，沁人心脾，舒坦。

梅花有个本领，无论身处何方，不管量多量少，总能将周围烘托出高情雅趣来。

山上的，一树树的梅，万蕊千斛，满山满坡的铺洒，冬时瘦削的山体饱满起来，活泛了，生动了，节气站在一朵梅花里眺望春天，春天真的不远，就要到眼前。岸边的，临水而居，沾着氤氲水意，添了润泽。如果将其画到宣纸上，只需取数枝入近景，清晰实在，疏影横斜里散清气，中景画一泓湖水，水面有一舟、一钓叟，两岸架一石拱桥，远景里，天地相接，连绵的山与天空呼应，雾气迷蒙，若隐若现，扑朔迷离。旷野的，磊落劲健，气象峥嵘，淡雅隽拔，一只肥喜鹊停落在傲骨铮铮的梅枝上，啄花瓣积雪，摇落了雪，也顺带了花朵，纷纷扬扬中“零落成泥碾作尘，只有香如故”。喜鹊登梅，喜上眉梢，喜报春光，寓意吉祥喜庆。庭院的梅倚墙角，诗意立现，“粉墙低，梅花照眼，依然旧风味。”这是站在墙外赏越过墙头的梅，“依然”二字带出去年梅事，还是这墙梅吗？旧年的梅，被厚雪覆盖了它的横逸高耸。

映着雪色的梅，美不胜收。栊翠庵里的红梅，曹公说它是“花吐胭脂，香欺兰蕙”。贾母眼光独到，书中多处显示她是个审美高手。所以当宝琴披凫靥裘和身后抱一瓶红梅的丫鬟，站在山坡背后遥等时，大家都说像仇十洲的《艳雪图》，而她却道出画中的人儿和衣裳不及眼前人。妙玉赠送众人的梅花，插在耸肩瓶中，雅致明秀，是清供佳品。

梅花可出尘亦能入世。它有仙气，疏条花美，身姿绰约，红梅色浓艳丽，白梅冰肌玉骨。它接地气，融在人间烟火里，深得人心。将朵朵梅花放进饮食里，泡茶、制作点心，都好，清香经口入胃，一路芬芳至全身。花蕾被炮制后，入药治病。配鸡蛋，能疏肝理气以散结；配粳米，助清阳之气上升；配蜂蜜，止渴生津，解暑涤烦。

虽然《离骚》遍撷香草，独不及梅，但诗经中却是有梅的，六代及唐，渐有赋咏，至宋时咏梅诗词进入鼎盛时期。爱梅痴人古来有之，有林逋的梅妻鹤子，也不知那梅和鹤是否也爱上了这位独居孤山的隐逸诗人，如是，也算是跨物种之爱了，否则只能是和靖先生的单恋。有笔耕不辍，疯狂写诗词文的陆放翁，六十年间万首诗，面广量大，涉及各个领域，其中写梅花的作品也为数不少，《卜算子·咏梅》是梅词之上乘，末句扛鼎。有资深吃货杨万里舌尖上的梅花，“脱蕊收将熬粥吃”“老夫自要嚼梅花”，他做梅花粥也好，纯吃、蘸料吃也罢，一句话，只要吃得开心就行，但是居然还能从花中吃出荤味来，真是服了他了，不信您瞧，“好伴梅花聊当肉”呢。有王冕的隐居山间植梅，放到当下拥有千余株梅树，总不至于还要终日忍饥过吧，他留存下的诗画，尤以画梅著称，更以墨梅为最，别具一格。

关于陆凯的梅，有说“聊赠一枝春”，有说“聊寄一枝春”，我更喜欢“寄”字。

一枝梅用邮寄的方式，跋山涉水，将春天从南至北，逶迤推送。梅是星火，燃过所经之地，燎原啊，燎出了一个春水如蓝，山川绿染，田畴蔚然，万木竞秀、姹紫嫣红的春天来了。

春尽芍药留

春天往更深处迈进时，谷雨像把镰刀，割开了一道口子，被撑得鼓胀的春天，喷薄而出，愈发汹涌。

物候节令里的稼穑农事，荡漾成海的花开花谢，它们都将自己精雕细刻，背负着节气的重任，步步走来。

走着走着，人们的目光被拉拽着往前看，一大片的红艳、雪白把天地照得亮堂堂的。在古镇安丰的东光村，谷雨是燃点，燃起了芍药，于是它身体力行，为村子描着花边，添了底色。

芍药花朵大，大得像盛汤的碗，一碗碗的浓情，满溢出来了。田畴间，规模培植下的芍药，它们极尽所能用艳丽和活力，将洋洋洒洒的500亩装得满满当当的，带来了强烈的视觉冲击力和内心感染力。它不知春天能对自己有几份期待，反正它只管用执着且真诚的脚步，磊落大方地跨过时间的河流，回望过往，远眺前方，根深蒂固里一定会有影响的，一定会的。

多年生的草本植物，一岁一枯荣。往年之繁荣，今年之昌盛，离不开秋枯冬隐的修炼。不舍昼夜争时发，破土露芽，打开成春天想要的模样。生命的萌发是壮观的，它的芽儿深紫红色里透着盈润亮泽，不藏着掖着，坦荡荡地向春天告白，仔细更换形态，任由春来评估。

谷雨前几日来时，满园的花苞正在雨中半眠，将醒未醒，花不打伞，我们也不打伞，笼罩在雾雾的水汽里。大片的园中竟寻得一朵白芍开了，只一朵，孤芳，独放，是大漠孤烟直，形单影只的意蕴也是很有看头的。像陈子昂的《登幽州台歌》，一亮相就是千古绝唱。像张若虚的《春江花月夜》，只这一首，就“孤篇横绝，竟为大家”，就是“顶峰上的顶峰”。

走在园圃的小径上，春雨斜过来，触摸着大地，大地也在雨里找到生命的新姿容，节节蜿蜒朝前。细雨洒下来，无声。这里好安静，安静得只剩鸟鸣，而这些鸟鸣却将村庄衬得更加幽静，鸟儿很兴奋，翅膀扑棱，起落飞翔，觅食田间的虫子，素了一冬，开荤了。

再来，在繁盛之际。都说牡丹很有排场，芍药也不差的，朵腴花硕，在春季最末的节气压轴，万朵千丛，气势不容置疑，很轻易地就夺了人的心魄，它将喧闹和沸腾抬到安静的村庄。眼前春色为谁浓啊？为我，为我们，为这一切的一切。

芍药摊开自己，阳光充盈了花朵枝叶间留下的岁月缝隙，饱满了，充实了。

春和景明，溱水、洧水的两边，几千年前的一场大型相亲会正在进行时，众多青年男女相约在此，游玩，互赠信物，场面热烈。“维士与女，伊其相谑，赠之以芍药。”芍药作为传情之物，爱意绵延。手捧芍药归来，心灵手巧的姑娘日忙夜忙赶制了两个精致香包，不放香料，只将芍药花瓣收藏入内，找机会，送个给心上人随身佩戴，还有一个留己，情味悠长。

风碰撞着春天，发出响声，从南至北，一路留言。春丰绿茂，花香浮动，气韵流转在绿色风云之间。芍药花有红有白，色彩酣畅淋漓地表达在枝叶上，深春里的炽热，像呐喊在春风里的火焰，灼烫着人们的眼睛。如此美艳，没心没肺的美艳，奔涌的芍药何尝不是大自然内心的波涛？起伏的波涛总是能让人心潮激荡的。

出场是这样的拉风，收场却是难以想象的内敛，归根结底式的内敛。等夏等秋，等百草凋零，等芍药的根在泥土里伸展沉埋，它聚集药性的主题早已了然于胸，成长只是一个时间问题。风在降序排列温度的数字，不断更新中，热度被渐渐沥去。采挖出泥的芍药根，去净泥土、支根和皮，沸水浸或略煮至受热均匀，晒干，用时润透切片。养血敛阴，柔肝止痛，平抑肝阳，清热凉血，祛瘀止痛是它的使命，不动声色中精细入微地化解病痛，果真是静水流深。

陌上有芍药，它缓缓走进我的字里行间，用草木独有的清澈眼神和语言，在期待，在诉说。流年的纹理上幸好有花做伴，才抵御了岁月里的忧伤，才会有往后的万物盛开。

艾　叶

听着“艾”字从祖母嘴里吐出，这时她唇角的皱纹就一路漾开，融进风里，恍然间像是从古远传来，绵久生香。确实够远的，《诗经·王风·采葛》中就有：“彼采艾兮，一日不见，如三岁兮。”

艾叶的名儿真是多，冰台、艾蒿、蕲艾、灸草……这种在荒地林缘生长的植物，平凡得无声无息。直到端午时节，满世界都是它的味道，穿鼻入肺，轰然而至，彰显在千门万户的门楣上，模样淡定怡然，气场十足。

时光往前移，移到我还是一个孩童时，那时世事未谙，心境纯然，欢喜成长。如河堤上、田野里的多年生草本植物艾叶样，我似一株植物，苒苒生长。

村里打井的只有零星几家，大多数人家的生活用水，还是出自那口池塘，人称甜水塘，对这方系着生命的水源，自然格外呵护。通向塘边堤口的小路，干净，清爽。路的两边用竹篱笆护围，篱笆上牵藤绕蔓，牵牛花吹起喇叭号令四下，于是这片世界热闹纷繁起来。

池塘四周植了树木，有泡桐树、桑树、槐树、楝树等。尤其在夏日，更是树高荫浓，威武雄视，天地间，收藏了童年多少欢声笑语。白天，蝉声嘶鸣，惹得一帮无拘的孩子们心痒痒，高举竹竿打扰蝉，在树下寻蝉蜕时，光嫩如水的小腿，穿过丛丛簇簇的艾叶，小小的个头快要没进去了，艾叶的草药香如影随形地卷过我，好似那酒糟的虾，醉了。它们锯齿状的叶片，挤挤挨挨，不计较地茂盛成长，细看之下，有白色软毛覆其上，用手抚过它，柔柔的，倒让人生出怜爱来。叶片的蓬蓬勃勃，占尽了先机，差点忽略了原来它也是开花结果的，花细，果累。

塘边上的茅屋里，住着守塘人袁爹和他的牛，一屋，一人，一牛，倒成了乡村一景。袁爹不是本地人，有说是家乡闹灾荒讨饭过来的，有说是逃仇家追杀避过来的，有说是妻儿被日本人杀害后，参了军随抗日队伍过来的……如此种种，更添了神秘。对这口池塘的安全，他日夜守护，尽心尽力，因此，村里人都很信任他。

他在屋前搭了个凉棚，来挑水的人爱在此歇脚，话家常。不劳作时，他也奉上茶水加入其中。是个和善的人，对我们小孩尤其是。他的屋内常年游荡着艾叶香，我们闻不惯，不肯进屋，后来渐渐适应，最后竟是喜欢上了。

他给我们讲艾叶的妙处，有药用价值，让大人用艾叶煎水给我们洗澡。还可食用，他用艾叶汁和着糯米粉，做成青团给我们吃，嫌有味，不吃，他就粘上糖哄我们吃。童年的记忆里，因着这位老人，而记住了名叫艾叶的平凡植物。

多年后，看到《本草从新》里的注解："苦辛，生温，熟热。"是啊，穿行的一生，多像一株艾叶，抵达最后的熟热，要磨多少辛苦，中间的那个生温，如炉火上煲汤，慢炖细熬，显的是工夫。但愿我能像这种叫艾叶的植物，把最原始最纯真的气息，散发在荏苒时光里。

端午草木青

时节跋涉到端午，天地青荡荡，错落铺展，铿锵有力。

数场雨，于是“苔痕上阶绿，草色入帘青”起来，匹匹青绸，翠幽幽。

山青，水青，陌上青，旷野青，连绵不绝。

这会儿的青，是一个人心头生出思念，束不住了，失定力了，像爬山虎蜿蜒覆满一堵墙。

在山间，只听风声，就能识别绿的深浅和肥瘦。青意尚浅，风穿越树干，呼啸而过。青色浓厚，风翻过稠密的叶片，哗啦啦地响。青山的青，是靠树木支撑出来的，满山满岭的树，深了一寸又一寸。青油油的山体桀骜不驯，散漫，无束缚。山果缀满枝头，无数的鸟儿在林间齐鸣，喊来一个个节令，喊到家家户户的锅灶里，都煨炖起饱满诱人的米粽，苇叶包裹，清香滚落。

水边有青苇，水中有菰蒲。“一路波涛畔，数家芦苇中。”本乡所称的“苇”，有两种，一种高粗，一种矮细。前者防风固岸，从前冬日里，人们会用锋利的刀刃砍伐下它们，码放整齐以备用。后者的叶片可裹粽，端午前后，密匝匝的苇叶被剥落，集体大瘦身。

青苇风姿俊秀，夏风拨弄，月影苇丛，窸窸窣窣，声如天籁。苇身青翠光洁，苇心晶莹剔透，而牢抓膏泥的苇根，盘虬卧龙，老成持重，古意迎面扑来。

“苹萍泛沉深，菰蒲冒清浅。”小片池塘，大片水面都可生长，只要有生命之水，就能留住它们。水意淋淋的青色，丛丛铺排开来，拖着水生植物独有的香气，逶迤至远。多年前塘中架桥，抽干一池水，我站在龟裂的泥土上，有塘风吹过。然而只需几场雨的煽风点火，在低洼处蓄了水，蒲草一下子就惹火上身，逐水而生，浅绿深绿，绿色一路奔跑，跑到没退路了，于是积攒起药性，往青色里折转。它是遥远的屈原，着一袭长衫而来，舍了肉身，让灵魂在天地间飘荡两千余年。草药清苦，屈原清苦。

陌上青青，多的是野草，它们带着药性将大地的内心示众，这是摆放在天地间的药柜。少时读书，学校提倡勤工俭学，周末，几个要好的同学相约，携一刀一篮，去寻药草，大家分工好，每人挑一种，省得回来再分拣。很好找，最后只恨力气小，提不动篮子。蒲公英蹲在青绿的叶片上，擎一秆黄花，骄傲自豪。茺蔚的粉色花朵层层叠叠，挑花半开的剜采，这是一味守护女性的药草，有一个为人熟知的别名叫益母草，直白贴切，没有茺蔚来得文绉高深。鸭跖草、刺儿菜、车前草、飞蓬、婆婆纳、白茅、艾草……端午时节，青绿的艾和蒲，跃上门楣，悬于堂间，朴素的植物，古老的习俗，年复一年的坚守，那苦涩里也会咀嚼出清芬的。

端午的田野，自有它的表情，时间行到此，由青转黄又至青，换了一个轮回。春天里招摇的青麦，它的量，它的势，它的声色，辽阔成海洋，青汪汪的海洋。入夏后，它收起血气方刚，渐而沉稳到波澜不惊，以丰收结尾。水稻接力麦子，不一样的成长经历，一样的供养之心。日间，白鹭在颤巍巍的秧苗上低飞，夜时，尤其是雨歇，群蛙欢唱，不要嫌弃蛙声聒噪，如果哪天稻田间的这种聒噪之音消失，才真叫人不寒而栗呢。

端午回乡，家中老房，青砖、青瓦。屋后竹林青青，门前稻田青青，晒场边的两棵梨树，早已花褪，叶间藏着小青梨。视野所及，一览无余的青碧，已在我的心头堆成青润的山河，只见它日脚悠长，岁岁如画。

半边莲

等它绽放，只等来半边的花开，而另一半，却在期盼里久久不来。一抹忧伤隐在时间的长河里，时空把远意隔出来，远得似乎从洪荒之时就立在天地间。

是多年生的蔓性草本，在岸畔，在沟边，哪怕是潮湿的荒地，它都能或直立或匍匐地生长。细茎上多节，节上生枝叶，叶面绿色油亮且平滑光洁。绿色花萼，浅紫色的花冠，轻姿淡雅，婆娑摇曳在时光里。

这样素净的花，在清寂的小石桥边，兀自感受着清澈池塘里的蛙叫，芳草萋萋间的虫鸣，欢喜地开着。原以为另半是在捉迷藏，直等到水至寒凉，叶已残尽，花落根埋，它终是只露半颜，还遮半面。

当两个青涩的人儿心头生起花朵时，情窦初开的朦胧款款绽放，不敢言语，只有眉目间的辗转，宛若那半边莲，幽幽浅浅地爱着。她在石桥边的槐树下，吸纳着树下半边莲的馨香，他就隔上几米的距离，仰面向天，像是在数辽阔天际上，走过了几朵云彩。这样静谧无声的姿态，横在风里，那风也如灌了蜜般，渍进两人的脉搏，顿生澎湃。如此静好，恨不能光阴就此停驻。

仿佛考上大学是那时跳出农门的唯一出路，他和她奋力拼搏，第一二名在两人之间翻动。填志愿时，她把填好的志愿书摆放桌上，走出教室。他装作不经意地停留在她课桌边，他和她填的相同。

许是天意弄人，他顶着高烧考完试，沮丧到极点，仅差三分就能和她在大学里聚首。她鼓足勇气，甩了矜持找到他。他志在复读，她赞同。他说让家里托个媒到她家提亲，她羞红脸点头。怎奈牵扯了上辈人的恩怨，顿时两家如雷霆闪过，泼向他们的是倾盆大雨，淋得遍体通湿，寒冷瑟缩。到底是捅破了窗户纸，见个面如夏日雷雨间隙，立在荷叶上的蜻蜓，惊悚不安的战栗，抖动不停。

父亲一顿呵斥，阻了他的复读之路。她凄凄楚楚背着行囊去了梦寐以求的高校。顺风顺水地完成学业，分配工作，栖息在城市。她对父母是有怨的，找了位异国男士做伴侣，这把一辈子刨土求食的父母吓掉半条命。跨海隔洋，她把自己抛到地球的另一边。

她终年养着一盆半边莲，如此固执地喜欢，惹得先生再三寻她的答案。她妙语回他，如你喜欢油画的满满当当，而我却爱中国画的处处留白。这种只开半边的花朵，也是她心底的留白吧？

随着年岁渐增，对故土，对父母的思念如绿豆生芽，曲弯缠绵。当她偕先生踏上国土的那一瞬，两道热泪自眼眶落下。多年不见的她和他，在她下榻的宾馆巧遇。他还是剑眉星目，只是两鬓添了风霜；她还是螓首蛾眉，却是风姿更加绰约。席间她见到他的太太，是和他一道来参加贸易洽谈会的，看得出是能和他同甘共苦的女人。

原来利刃，在时光摩挲下也能收起铮铮锋芒。原来忧伤，在时光荡涤下也会变得水过无痕。她涩涩年华里的半边莲，以它的解毒功效，把甘、平的药性味体现得如此淡然。恰似那远山静美，近水清婉。

索索风声响，丛丛虞美人

令人血脉偾张的红色，是虞美人的红，在五月的东台，在西溪，在蚌蜓河旁的西郊村。鲜花着锦，媚啊，艳啊，花在忙碌，此谢彼开，风作响，浩荡成海，引燃夏天。

午时，雨后。去看它。

缥缈雾中，意境一下子拉出来，漫野云锦，阔眉红腮，开得叫个恣肆，红色挤满我的眸子，红海之边，只我一人，心和眼承接不住了，挤得发胀，此时，正是风横花艳逢夏生，哪管得住它的高调呀，那就由它去吧。

着一朵细看，也不富贵逼人，盈盈清丽，花瓣轻薄，雨后的风，还不小，有点冷，花姿摇曳，风中凌乱，真怕折了它不盈一握的腰身。

滴血之色的凄美，像瓷器碎开，注定了它有一段缠绵悱恻，君生我生，君不在我不在，深入人心的疼痛感自撕裂处向外蔓延。人们只看到飞蛾扑火的燃烧美，可又有谁能体会到歌咏的爱情背后的无力反抗。兵败之际，随军的虞姬自刎楚营，最后幻化为葬身之地的花草上，生草能舞，唤名曰虞美人，又叫舞草。世人总爱在英雄美人身上讲故事，尽管他们最初的爱情轮廓今已无从知晓，但与虞姬而言，对方是西楚霸王这样的人物，不动心，不倾情，说不过去，朝夕相处中会产生执手之情的，毋庸置疑。虞姬是聪慧的，又是狠绝的，狠得敢对自己的性命下手。当她看到败势已定，对手环伺，如此的倾城容颜，焉能成为覆巢之下的完卵？可能性太小了，即便能苟延残喘，也只是作为战利品而存在，与其遭遇如此惨境，还不如自我了结，无愧项王，无愧自己，留坚忠不渝的佳话传世，罢了罢了，个中无奈，谁知？香魂一缕就任其随风散了吧。以悲为美，悲剧作为一种比较高级的审美形态，霸王别姬流传两千余年。

《虞美人·春花秋月何时了》，绝命之词，生命哀歌，铸就了文学里的流光溢彩。以“虞美人”为词牌名筑起的精神庙宇中，李煜、苏轼、秦观、辛弃疾、蒋捷、纳兰性德，哪一个不是词中大家？他们将灵魂安放在一首首词中，祭祀自己的悲欣交集。

而此刻，眼前着火样绽放的虞美人，在经历了半日的雨水洗刷，更显明亮晶莹。郊外安静，天空不时有鸟雀鸣叫飞过，清脆嘹亮，根植在泥土里的它，在倾听索索风声带来的讯息，带来夏日的浓墨重彩。风中的它拥抱着一颗凛冽的心，披荆斩棘，在世界里寻找和感知。回溯过往，见四季冷暖，见人生苦乐，见世间悲喜。

置身花丛看花，心中升起一个又一个惊叹号，惊叹得我屏住呼吸，就像在读一篇忘记安放标点符号的文章，字数密集得让人喘不过气来了。往里深走，花田旁的小树林里传来犬吠声，吓我一跳，定睛看，原来是为养蜂人看家护院的。此时，甜蜜在风中，在花间。远处，有烟树，有人家。近处，有蜂飞，有狗跃。一大片红色的海，在风的助力下，澎湃如潮，汹涌成涛。

我想，能入药的植物都怀揣着一颗慈悲心吧，虞美人亦如是。

这种一年生的草本植物，全株皆可入药，镇咳、镇痛、镇静……一个“镇”字，平复下了多少起伏。刀光剑影，沧桑演变，风云际会，尘世喧哗，时间用它的手一页页翻过，让它们镇在字里行间，镇在水墨粉彩里。

青青原野，荡荡白云，黛瓦粉墙。有麦有稻，有菜有蔬，有瓜有果，有花有草，鸡鸭成群，白猫黑狗，这是我理想的田园生活。绿意盈盈的青竹筑篱笆，篱笆墙根下，春日或秋时，播下虞美人的种子，一溜边儿地开艳艳的花儿，花满满地一路开过，又不言一语地薄薄瘦过，它就这样不惊不乍，心有所依地走过一生中的四季。

篱笆安静内敛，花儿随风摇摆，就让虞美人陪我在乡下轻拢慢捻地过日子吧，过心中向往的日子。

回到一株荏苒

草本植物，一年生，四个季节，二十四个节气，终点在冬时，荏苒的光阴里，我与它对视、与它对话，它一定记得我，我深信。

从萌发到收尾，时间不长，就一年。在这一年的生命长度里会发生许多事，也有不少的喜乐悲伤。是遇强用强？还是从容低下高贵的头颅，柔软顺从地矮下身段？一株植物和我交心，它将独特的言语记忆留给天地和万物，我看见它的升飞奔跑里，点燃了无数个生命焰火。葱翠转苍寒，光阴潺缓，岁月沉淀，“荏苒岁月颓，此心稍已去。”因此也就派生出了空旷且宁静的心灵，甚好，不知白苏可否也做如是想？

白苏，古名荏，又称荏苒。名字好，像一位着长衫的书生在青翠山林拾级而上，款款而行。

它会在哪里生长？一堵老墙的墙角下、杂草乱生的河岸、人马行走的路边、石砾遍地的山道，不计较的，哪儿都行。从苍灰的天地间开始，凛然亮相，本真，清美，安静，落落大方。

绿黄荣枯，自然生落。就是一株野草嘛，生死富贵由命在天，我以为它是这样的。然而，它真真切切地落实到处方里了，贴地而生的一味草药，在《别录》《本草拾遗》《滇南本草》《生草药性备要》等古籍中皆有记载。原来，它有它的语言，它有它的心事，它有它的深情，它内心的涌动从大地深处汩汩而出。人活一世，草木一秋，仰头苍天，俯视黄土，我们都是其间的生灵。它将自己升华到解除病痛，延续生命的高度上了，在一碗黑黑的药汁里，我听见它在述说关于植物本性的话题，而我呢？但愿我能读懂它的言语万千，离自然近些，心存悲悯，活得更加纯粹。

我几近是趴到地上看它的，在老屋东失去灌溉功能的小河边，丛生的杂草里有它，初时不识。世间有一见钟情，也有日久生情。前者是火光四溢，亮堂绚烂。后者是温润穿梭在日子里，徐徐叠加累积，日复日地丰厚饱满起来，充盈着胸怀。就像对某个人或物，天天将其捞起来放在心尖儿上，也就在你的心窝绘成锦绣山河了，荏苒可绘我心。

草有生命，有语言，有文化，即便默默无声，它也在书写历史。轻盈的叶身在时光里又暗藏了多少隐语和坚韧？回望之际，站在一株荏苒面前，我掸掸心中灰尘，细嚼着生命的幽深和远意。

续　断

与续断的初遇，是在多年前看的某本武侠小说里，武林盟主之位相争，必有伤害，还好如谪仙般的男主有续断膏救治，才能重战江湖，再掀风云。当时看了不禁莞尔，想是小说家的夸张罢了。续断，这样动感的两个字倒是烙进脑海，断了还能续上，该有怎样疼痛且幸福的故事嵌在里面？

有次偕友出游，此时的天已高挂，似站在树顶的果实，看得见，触不到，撩得心儿痒痒。薄凉被风卷入怀内，然后徐徐放送。云朵也和地面撑开辽阔的距离，被风吹拂得舒服怡然，丢了羞涩，忘记提衣掖袖，尽展多样身姿。空气里浸透着爽清的气息，秋就在吐纳循环中，悄然入侵。这样的季节里，与谈吐无忌的人畅游，别有一番喜悦生心头，仿佛是沐着晨曦的露珠在草叶的欢欣。

我们下车，泥土也是润了秋意的，于是赤足提鞋行，脚掌心和大地的亲昵，传到心尖，生出酥麻的颤动。许是刚入的秋，周遭的草木还没来得及换装，依然茂密青葱，只是经秋风的扫抚，添得凉意更深些。溪边的一丛丛植物引我们驻足，端详它们。椭圆形的绿色叶片倚在直立的茎上，粗锯齿的边缘打破规矩，更显个性，白色柔毛贴伏着叶儿，再簪上红紫色的花冠，生怜惹爱样。

潺潺的溪水声和着草木特有的香气，萦绕在山间，涤心洗肺得神怡若仙。有位山民路过，见我们聚在草丛前纠结着，就前来解惑。这是续断，又有接骨、南草、龙豆、属折等名，可入药的。倒是个健谈的人，索性和我们盘坐在山道上聊了起来，打小在山里长大，多少认识一些草药，他谦虚道。于是说起此药材的炮制，润透后切片晒干为续断；以文火炒至微焦为炒续断；加盐水拌炒至干透为盐续断；用酒拌匀吸干，文火炒干为酒续断。《神农本草经》中注："味苦，微温。"《滇南本草》中注："性温，微苦微酸。"《本草经疏》中注："苦甘辛，微温，无毒。"看到我们惊讶的神情，他解释是闲来无事时，喜看些书而已。能把身边草木中的随意一种细述得如此，工夫岂止是"而已"两字，果真是古人所言的隐士高人？也是说不准的。

这时友人怔怔地盯着眼前这种植物，悠然道，说个故事给大家听。

是在风云变幻的年代，他和她相遇了。当时他揣着一颗忐忑且求知的心，刚从千年古镇来到繁华都市，虽说在镇上也是数一二的人家，但在大城市面前还是难掩局促。那是报名第一天，夜里的雨水还未干透，行道上积着水洼，他正专心赏读校训，身边猛然驶过一辆汽车，溅起的泥水甩在了他的一身新衣上，正恼着。车停，下来一位娉婷女郎向他道歉……后来有次他问她，什么驱使她愿意跟他交往的，她告诉他，是被他身上散发的古镇神韵吸引了，真是奇了，她怎么就知道他来自何方。爱情欲来，是没有道理可言的。当然能确定关系，也是阻隔重重，门户问题首当其冲，落俗的剧情摧不毁坚贞的爱。那时风起云涌，稍有不慎就是骨肉背离，母亲病危，他星夜赶回。而此时她的家族正忙着转移，哭闹、绝食也要等他回，家人无奈，打晕用绳索捆着走的。这一走就是几十年，隔海相望，身心煎熬，泪眼问苍天，苍天亦泪眼。他在海这边不娶，她在海那边不嫁。

她思乡的文章一篇又篇，发表在各种报纸杂志上，她希望有机缘他能看到。他看到时，已是高校的教授了，当然之前也住过牛棚什么的。那天他到班级的时间早了些，就到学生中转转，随手翻阅着课桌上的杂志，那个盘旋心头的名字在卷首语上出现，他有预感就是她，于是开始寻找。

当他在机场接到她时，他牵着她的手说，我们回家吧，仿佛没有相隔几十年，而只是去市场买完菜那么自然。

这时友人站起来，掸掸衣服，告诉我们这就是她舅公的故事，只是她讲得不够精彩。她问像不像面前这种植物的名字，续断，能把断了几十年的爱再续上，正如这味药材，续筋骨，调血脉，让爱融进血液里，绵延到老。此刻的山色迷人，映在我们湿润渐升的眼中，久久不离。

瓦　松

高刚逾尺，不晓其来处，瓦缝间，它以松的形姿在老屋的旧瓦上站成一道历史风景。

瓦，泛着黝黑色，仿佛从远古走来，带着隐隐的靛青。松，是见证了悲喜哀乐，承载了岁月沧桑的苍劲生命版图。两厢组合，在老旧的屋面上捧出朴拙的面孔。

说的是瓦松，又叫瓦花、瓦莲花、向天草、天王铁塔草等，景天科瓦松属多年生苔草类植物。它就着瓦缝间聚集的一点风带来的尘土就滋生开来，在烈日下傲然，在风雨下伫立，如莲般绽放。

村里的瓦松随着一座座坍塌的老屋，渐次淡出人们的视野，淙淙向前的日子里，老瓦上的履痕已风化在时间的长河里，不泛一丝涟漪。而记忆里的瓦松依旧在开，依然缤纷。

从前村子里总有几位德高望重、身怀绝技之人。男的，有着花白甚至全白的胡子；女的，踩一双烙着旧时代印迹的小脚，他们的脸上一定要有静静的、如干果样的纹路。当村里的人家一旦遇到事情，大到婚丧嫁娶，小到头疼脑热，首先必会想到他们。

母亲一直说我是个难养的孩子，幼时多病，经常闹发热、肚痛的毛病。这时仅几户人家之隔的八十余高龄的周老先生就是母亲的救命稻草，因为他会掐筋，我在其手下多次转危为安，时至当下，没有几个父母会有我母亲这般大胆了吧？因为是近邻的缘故，我经常到他家玩耍，他家的药碾子、捣药罐，在我眼里很神奇，花花草草在里面翻身打滚，然后用戥子称量，包好，经他的双手调配，多少病痛化为乌有。我不知道别的草药的来处，但我看到过他让孙子清理屋面瓦松的场景。一来，瓦楞上长满瓦松，会堵塞积水，造成屋漏；二来，这些瓦松，搁别人家中或许一无所用，但在他那儿却是可以用来治愈病痛的。每当此时，我都会在屋下捡拾从天而降的瓦松，如今想来，倒是趣事一桩。周老先生已驾鹤西游数十年了，也只有村里的一些老人还能从漏风的嘴里道出他当年的风采，而当他们津津乐道时，在旁的小字辈们不知所云，几句之外已作鸟兽散。

我庆幸出生在乡村，这让我有了生命最初的底气，让我的时光深处有了可依赖和栖息的避雨遮风之所。我像风一样漫过旷达的田野，在广袤且宁静的大地上，侧耳倾听一头牛和它身后犁铧的喘息声。我甚至想象自己是土地上的任意一株植物，把根深扎在土壤里。我的藤蔓、枝丫极力向四边蔓延，在生命的张力里能听到骨节成长的铮铮之声，与站在人家屋面上的一棵又一棵瓦松遥遥相望。

我在秋风里奔跑，和一群丫头小子疯着，有了凉气的风吹散了羊角辫，吹打着裂唇，有些痛，甩甩头继续跑，穿过一畦又一畦的稻田，被稻浪席卷，饱满的金黄稻谷像要临盆的孕妇，似乎一用力，白胖的大米就会冲破谷皮。我们跑过原野，跨过沟渠，冲到陆奶奶的屋里，看她的陶罐里有无新炒的葵花子。她把我的头转向朝阳的方向，看看我的裂唇，然后回屋拿出高凳放在屋檐前，颤巍巍地站在上面，揪下两棵瓦松，又到厨房里找了生姜，拌盐捣碎，涂抹在我生疮的裂唇上，嘱咐我明天再来。数个“明天”后，我的唇已经能在风中大笑，此时，成熟的谷物在陪我笑，屋上底座如莲的瓦松在陪我笑，它在纯真自然的微笑里，漾起腰肢，莲步款款。

城里，老宅子被拆得所剩无几，高层建筑铺天盖地，瓦松的地盘被挤对得捉襟见肘。乡村，一派欣荣，幢幢盖着琉璃瓦的别墅在阳光下熠熠生辉，滑溜溜的瓦面上，瓦松真的是立不住脚了。

一盆瓦松受困在我的案头，即便它不吸日月精华，不受霜欺雪压，但在四季更迭中，它独有的味酸、苦、性凉的性味仍然漫溢在空气里，也许在其气息游走的周围，人们会说起一株瓦松的岁月长短，那它的弥散之处会是我温暖的归宿吗？

怀抱苦楝

苦楝有乡野之气，有村庄之暖，我是这样以为的。

偶遇一棵苦楝，生长在半坍塌的老墙边，是先有墙还是先有树？无从知晓。从斑驳墙体和树木高度上推测，两者相依相伴应该有些年头了。正逢冬季，在萧瑟，苍凉，灰蒙的基调下，尽管我紧了紧围巾，冷风还是见缝插针地贴近了我的肌肤，不禁打了个寒战。楝树不着片叶，挂满果实，高悬的果实昭示了它的身份，否则还真不一定识别得出来，它迎着风霜雪雨，与天空相对。

在我的衣胞地也有苦楝，它默默将我的年华藏进年轮，等着我，于是，我披一身乡愁归来，将它拥抱入怀。

记忆里，它扎根大地，单纯自然。

清凌凌河水的倒影里有，明朗朗的田野上有，房前屋后也可栽种，但它不入庭院，庭中有桂，有芭蕉，有桃李杏，有梅兰竹菊……就是没有苦楝。李煜在“寂寞梧桐深院锁清秋”中，抬头望冷月，低头见秋梧，无尽的孤寂在深秋里延伸。欧阳修的“庭院深深深几许，杨柳堆烟，帘幕无重数”里安排的是杨柳。读苏轼的“深深庭院清明过，桃李初红破”，芬芳从字里行间渗出。从“晚风庭院落梅初”中看到正在伤春的李清照，那经冬的寒梅飘零在春寒料峭里，触物增悲心。这句句里都没见着楝树的踪影，它只宜在院墙之外，站在蓝天白云下，让来自旷野的风，来来回回地吹着。

“苦”字打头取名的植物并不多，因着全身从上到下，由里及外的苦味，苦楝的名字倒也名副其实。都说松柏之质，经霜弥茂。但苦楝有苦楝的质地，也通身是宝，它是材用植物，苦味浸泡的材质，用其制作家具和农具，防虫蛀，经久耐用。亦能药用，其花、叶、果、根、皮均可入药，内服外用，各司其职。《本草纲目》中记载过它。

秋后入冬的苦楝子，绿色隐身，经霜呈黄，雀儿在枝头秀着各种姿势啄果，叼在口，我仰头看，等它吞咽，吃进去的苦楝子可果腹，还能治病。那些掉在草丛中、地面上的，孩子们捡拾起来打弹弓用，打天上鸟、水中鱼，可惜命中率太低。转头去打鸡鸭猫狗，顿时鸡飞狗跳，在大人的阵阵呵斥声中，一群顽童风卷般跑开。

春天来的时候，新发的叶苞跳出枝干，暖风慢摇，摇出了满树通透莹亮的绿，摇落了一地叶影的絮语。也有新苗，那是往年蛰伏进泥土的种子奋力迸发出来的，乡村的草木太多了，多得令人眼花缭乱，没有谁会去在乎一棵苦楝苗的来去，随便长吧，成材还是消失，全凭运气使然。

初夏，苦楝开花了。远观，紫雾雾的，如祥云堆叠。近看，是王安石的“小雨轻风落楝花，细红如雪点平沙”。夏雨场场相接，落地的花朵，被绞杀得血肉模糊。楝花开后风光老，二十四番花信风，是以楝花收场的。一棵苦楝在承受风雨捶压，捶压出它的沉厚和高峻，在承受孤独覆身。孤独有时是另一种自由。

渐渐地，我远离了它的视线，或许我们已经互忘了吧？直到重新来到它跟前与其对视，仔细端详它，从纵裂的暗褐色树皮上，清晰地看到它迎接了许多个寂静的四季，细小的皮孔，附贴在被时间浸染成紫色的老枝上。透过这些裂痕和细孔，我了然了，其实苦楝早已草蛇灰线地在它的年轮上记录了我的成长。

我俯耳贴近它，听见一条清澈的河流从树心汩汩流淌，河流的两边是宁静的村庄，庄稼质朴的清香在田野萦绕。听见浩浩长风吹进它的树干中。听见时光从苦楝花瓣上滴落的声音，惊醒了一树的鸟雀，鸟鸣起伏跌宕。在它身旁，我坐望晨曦和夕阳，在安谧的夜晚，看到一棵苦楝高过星空。

苦楝的榾柮和枝条，在灶膛里酝酿着属于它的焰火。乡野之气被引燃，我的乡愁也燃解在这满膛的火焰中，袅袅不绝的炊烟受它养育，浓得散不开的乡村温暖，牵惹起了思乡人诉不尽的情怀。

素心蜡梅

少时光阴中的那株蜡梅，在生命最初的慌乱里怒放着。

我是夏时搬进那座大院的，前两排是办公区，后三排是宿舍区，每两排房子之间是绿化带，或植树或栽花。这个时节正是绿意丰肥得让人嫉妒，因而几株隐在万绿丛里的蜡梅，真不显眼。再后来秋风横扫，叶落花谢纷飞满天，脱了衣衫的树木花草，把苍劲多骨的躯干袒露着，蜡梅寂寞的枝条，便杂混其间辨不得了。

仿佛是一夜之间的事情，星星碎样的黄，繁多馨香，浮在凛风寒流间，也不深藏。硬是把自己站成一副孤标傲世的屏风，任着风呛雪喷，横逸斜出，将那风骨之美展露得淋漓尽致。

如果不是父母工作的突变，我定然还在厚暖的羽翼下，家、学校两点一线，单调无味地过得不计忧虑。彼时的我还未识人生苦寒，只嫌岁月漫长，时光拖沓，着急成长。而此时走了小半生的我，深叹着光阴如梭，小心谨慎得恨不能把手指缝隙里的时间都留住。

因着课业进程的不同步，转学搁浅。看着父母捆箱绑柜地运送着行李，只知道余下半年的时光要寄居在母亲好友家中，忽然觉得自己犹如海里的孤帆，伶仃独怆，敏感的心益发不堪一击。我多想让自己缩成一粒尘埃，躲在灰暗里。

心不在焉地读着书，成绩倒退得连自己都不信。暗淡的日子里，我就像在仓皇风雪天里奔走，却看不见路头的人，迷茫，落魄，挣扎。

某刻陡然念起那团搅动天地的香气，蜜蜡似的黄花总是先于叶开放，花瓣薄且带着光泽，呈覆瓦状排列。就是花开时，也是含苞待放、欲语还休的模样，把一颗素心珍藏。吸纳三季精华，在严寒里欺霜压雪，为冷冽萧凋的背景涂染明媚风光。当然它除了用簇新明黄点缀苍茫，采摘后晒干或烘干，更是一味中药，性味辛，温，无毒，有解暑生津的功用。一棵花树如此境界地书写华章，何况是还未尝尽人间甘苦的稚嫩的心。

我想，我应该像那株蜡梅，披荆斩棘，翻越重山，为春天指路，把忐忑之心走向平稳坦荡，将往后岁月走得更深更远。

百草情结

自从跟草药有了接触，百草情结也似日生夜长。

想来真是神奇，神农尝百草创医学，这百草中也许就有你漫步田埂山涧时踩过不经意的一棵，或许是你门前菜圃里的寻常菜蔬，说不定就是庭院角落边的一丛小花，它们都是能解人病痛的。

忆起童年时光，一群孩童漫野追逐，踩踏了多少野花野草，早春的茅针河堤遍是，那是解馋的乡间美味，谁知藏在地下的茅根可清热解毒。莱菔子仿若从诗经里优雅地走出，其实它是祖母屋后的萝卜种子，小家碧玉得很呢。金银花可治疗多种感染性疾病，只当是天边的事，哪知路东头就长了几株，正是花开时节，黄白相间惹人怜爱，我偏喜它的另外名号——忍冬，透着一股执着的坚韧。哺乳幼儿时患乳痈，采得蒲公英捣汁敷之，不日便解病痛。因着纯然，也就爱上用它们熬煎的药汁排忧解难。

平日吃中药不是请医院代煎就是辛劳母亲，此次母亲临时有事，剩下两剂药没煎，只得取回药罐、药材，寻出煎药说明细琢磨。初出手有些生涩，看着手中古朴典雅的褐色药罐，就是要用它来煎熬药材吗？用泥土烧制的罐和从泥土里生长出的药材，轮回后又相遇了。

洗净注水浸泡，是黛玉初见宝玉时："好生奇怪，倒像在哪里见过一般，何等眼熟到如此！"拿张凳灶边安坐，静观其变。

大火煮开，药材们在罐中欢腾，是白素贞西湖遇许仙的欢欣，是杜丽娘再逢柳梦梅的喜悦，一不留神热情过头，沸满灶台。改用小火慢煎，柴米夫妻过日子吧，喹喋呢喃，高声吵嚷，你侬我侬，更多的是相依相伴，岁月风霜几番沉淀，药汁渐浓爱意更深，是要携手终生的。

这些药材吸了大地灵秀于一身，此时正在我的屋中释放，药香飘溢，熏得我迷离，有隔世的恍惚。再怎么的不舍终究是要分的，找个精致的白瓷碗盛浓浓的黑药汁，尽力滗净，我像个拆人姻缘的恶人，那最后一滴似恋人的泪在碗中泛起涟漪。

第三辑

花动春色

HUA DONG CHUN SE

花动春色

花的倾身而出，让春光明媚起来。

即便遭了乍暖还寒数个来回地折腾，花还是没耐住性子，在春风春雨的鼓动下，这些在天地间隐了一冬的花草树木，不管不顾，以夺人之势，催促着寡淡阔朗的冬天。它们使出吃奶的劲儿拱开低温的地表，挤破枯瘦枝条上的褐皮，吐出芽苞，将凋零得只剩轮廓和骨架的冬逼走，浓墨重彩地用繁华和丰沛，来迎接春的生机和蓬勃。

有先开花后长叶的，也有先长叶后开花的，只是顺序不同，却是一样绚丽春天。

迎春花带头，百花紧随其后。迎春这个花名取得好，很形象，很烘托，河堤两岸像摊铺了长长的明黄色的毯子。连翘花远观时，也穿了同色系的黄衫，倒弄得和迎春傻傻分不清了。近处细赏时，才知花开天地两方，迎春向上，连翘朝下，各自芳菲馨香。早起的队伍里，玉兰花算上一个，大朵的花儿夸张地站在光秃秃的枝头，如群鸽栖息。不能怪它张扬，此时外出的人还穿着寒衣，没有如此开满一树花的大阵势，很难让人觉察春的脚步。春，让花的动静给惊醒了。

朋友小霞喜莳花弄草，且颇有心得，可自从她家搬上高层建筑后，空间上的局促，让她有些英雄无用武之地了。这段时日，朋友圈已被各路看花人马花团锦簇的晒图刷屏，实在惹人眼馋，于是她约我出去解馋，晴好的周末之日，寻了一处，乘兴而去，是啊，哪有看花不生欢喜的？

桃、梨、樱、李等树的花骨朵，以星星铺夜空的布局，缀满一树。沿路边斜坡向下行，穿过片片花木，走进红叶李林，细糯的碎花像爆米花炸开了，正值花期盛时，多好啊，是青壮年。林子不小，曲径通幽，花树高，仰头，有花瓣跌落在面颊和发间，与我们低吟浅唱，原来春天就住在一朵花里呀。用心的设计者将仿树桩式的桌凳安放林中，桌面刻棋盘，而此时若有一童一叟静坐下棋最好不过了，我等也来个观棋烂柯。又或者下次我们自带棋子，泡壶新茶，让纷扰刀剑入鞘，做个只在此林中，花深不知处的隐者吧。

往前走，跨过一座桥，有片桃林，还是含苞待放状，原来花汛未到，只有最边上那棵碧桃独自开放，有些寡欢。看样子，估摸着一周后这片桃林就要登台闹春了，桃花开得快、开得莽，是花中的急性子。清明返村时，我家的桃树应该也已傍水而开了，“竹外桃花三两枝，春江水暖鸭先知。”泱泱春水之上花影浮动，鸭群悠然。

读小学的时候，上学的土路旁是一畦畦的农田，春华秋实活鲜鲜地贴满我来回的路上，这是多年前的事儿，久得我快要忘记了。这个春天，由于工作地点的变动，上下班途中要经过大片的农田和长长的绿化带，记忆被拉回。

都说百人百性，花也不例外。有安静的，就像那株老屋后的百合，活成遗世独立的模样。也有闹腾的，比如油菜花，生来的架势就是排山倒海式的，色彩明艳耀眼，站其跟前，闭目，深呼吸，把心抛到花间。我从立春后与它们相遇，两个多月的时间里，看它日日换新颜。午后，高天流云，春风和畅，暖阳倾洒，我融进浩瀚如海的花丛里，有蜂陪我，有雀陪我，还幸遇了三只雉，可惜没能抓拍到它们五彩斑斓的身影。今春，我无须专门腾时间跑去看菜花了。

春天的容貌以花的绽放美妆着自己，春天的色彩以花的动身装扮着河流山川。

春光寸寸好

细捻春日光阴，寸寸皆好啊。

嫩春里登山，被风搓雨洗过的山体，清新澄澈，啜饮一口，醍醐灌顶。这会儿的叶苞、花苞躲得挺隐秘，此时山川绿意未显，大地鲜花未开。可那又如何呢？反正我已站在春的起点上了，留心就好，张开双臂就好，因为我看见春正向我飞奔而来。

无论晴雨，只要是春天，都相宜，俯拾皆是美好春光。

紧绷一冬的泥土，是时候松松身子骨了，细润无声的雨如期而至。当然其间免不得乍暖还寒，忽冷忽热的气温，让人乱着装，让植物两难。此刻田间地头的麦苗、油菜等都还是低矮身形，且无杂草打扰。麦苗鲜嫩翠绿，掐得出润泽，油菜苗在拼命地铺排它的叶片，这段时光是它们的青葱年华。枯黄的草茎间，幼芽初露，躲躲闪闪的，生怕他人知晓，可又怎么掩盖得住呢？鸟雀已停在身旁，喙点如雨，翻寻虫儿，也翻出了一片轻染着嫩黄的浅绿。树木的枝条上，芽苞顶破树皮，星点如灯盏，亮在早春里。

怎禁得起春风的撩拨，春雨的滋养，春阳的普照，还有那一声春雷乍响，万紫千红的春天就蹦跳出来了，随后浪涌一般，攻天陷地。

方寸之间都是风景，都是风情。

那一树树的叶，那一朵朵的花，那一声声的鸟鸣，嘘，千万不要把它们模式化哦，今年的妖娆一定是今年的，与曾经的只不过是相像罢了。年年绿叶相异，年年花开不同，相同的，是每个春天的蓬勃。

新围的篱笆上，即将缀满春的诗句，篱笆的用料，是河滨上的芦苇。祖母的篱笆主要是防备鸡鸭猫狗等践踏菜园，在我眼里，就是四季变换着的屏风。篱笆上的春天，是一幅亘古绵长的画卷。青蔓攀爬，把春天的乡情和诗意都缠绕在篱笆上了。

轻开篱笆的柴门，一个朴素且丰美的春天就被端到你的面前。新韭肥嫩，爆炒一盘，是上好的下饭菜。拔两棵苏州青，烧汤，劈一块豆腐入内，翡翠白玉式的搭配，养眼。或切碎煮粥，春寒里入肚，慰藉脾胃，暖老温贫的体现有时只需一碗粥，很简单的。过些时日，菜花跳出菜秆，青青篱笆，黄黄菜花，斑斓成一个春天。留种的芫荽、萝卜、葱蒜，花姿形容上虽低调不艳，却也引来蜂蝶嘤嘤地环顾，一样明媚着春天。

看春，看春光明丽，看春意暖融，看得一唱三叹。

春水暖，鸭鹅悠然，水草随波摇摆，择水而生的芦苇新迸出嫩芽，如墨的蝌蚪一团团地在其间游动，水面被阳光涂了层金，碎金跳跃，晃眼。临水而居的桃树，灼灼其华。野蔷薇花开繁盛，匍匐了一岸。谷雨时看谷雨花，恰如其分。谷雨花有个耳熟能详的名字，牡丹。花和人多相似啊，拿牡丹来说吧，万花丛里无须争风情，往那儿一站，已然气场满满，就像有些人天生自带气场一样。牡丹芬芳时，春在深处了，而万丈春光却被它轰轰烈烈地推向一个新境界，妙不可言。

春光如绸，一匹匹铺开，瘦去的光阴，又寸寸回涨、肥厚起来，于是阔大的天地，用浅橙光线，用连绵雨丝，用花红树绿，用莺歌燕舞……用这世间无尽的美好做丝做线，绣出一个葱葱茏茏的春天来。

争 春

料峭一个接着一个，寒气就这样赖着不肯退场，阴雨雾霾连绵着，整个人漫漶其里，心好似都生了锈，钝得身子也懒得动。人如此，想来深埋地下的种子、根茎，也如虚掩柴扉的女子，增添了等待意中人的这份焦，又如一个迈了千山万水的旅人，期盼中的美景远未到的那份急。

还好，那声霹雳来了，春雷喧动，惊起整个天地的喜。最先知的是屋后小树林里的鸟儿们，在它们的啾鸣吟唱中，冬的羞涩剥落，乳芽初出，春机渐显。水少了刺骨的冷，仿佛那如冰山的美人，讨了她的悦，展了欢颜。拂面的风竟藏着微温，吹得脸儿也漾了浅红，快要醉了，醉倒在和暖的煦风里。再看那光秃的枝干，颤颤地横在微风中，就在你的不经意间，娇羞的花蕾已然立在枝头。还有那躺在泥里的，早已伸了几个懒腰、蠢蠢欲动的根啦！

是润如酥的细雨，是轻如絮的微风，在天地间一阵又一阵地忙碌。于是，种子掀开身上的披盖，露出招喜的嫩芽，眨巴眨巴它的星目，嘻嘻笑着，和春欢愉地打了个招呼，随之大大咧咧地登堂入室。再经春风春雨的吹拂浸润，卉木萋萋，大地一片青翠，那样荡然坦诚，气魄凛然。

看过一幅名曰《争春》的花鸟画，整个主色调是绿和黄，这个基调是乡村春的颜色啊。越过冬的麦苗，一畦畦，一片片，一路招展，是绷着劲儿地向上跃进，要在这宽红阔绿的春日里，把它的一席占尽。黄的油菜花，以铺天盖地的方式，轰隆隆地，摇旗呐喊着，明晃晃的黄在蓝天白云下，自行着它们的进取之心。

其实那河堤如云般的嫣红、雪白，在暖意春水中的倒影，才叫个惹人怜啊。这红是桃花的，站在褐色枝干上，万枝丹彩，那争发的劲儿，是快要把这春也融了吧。那白是梨花的，满枝满树的，这样如雪般的盛大，在溶溶月色里，纯净得像奔腾进取的，似小鹿样的少年们，也要在这万物争春的季节里，留下它的一道鲜亮。是谁剪得那如眉的柳叶？是二月的春风呀，柳条如线，在烟雨中丝丝弄碧，搅得明艳的春色多了份诗情，多了份蓬勃。如此，如此……满园的春色是关也关不住的了。

春，是四季的始端，是万物迸发的开头。耕耘者以此为起点，让这番天地中的庄稼自由地吐纳、吸收，成长为丰收的希望，大树自在地呼吸、汲取，茁壮成傲然的栋梁。

和春住

这个春天，迟迟地来，忸怩得似那斗了嘴的小媳妇回娘家，怎么劝说都不肯回。又像个迟到的学生，躲在教室外不敢进门。

办公室外的几株苍翠的广玉兰，矜持得像个没落贵妇，愣是端着姿态不肯屈尊。也是啊，从前这个时段，已是花苞满枝，显得大方贵气，只等盛宴开席，着华服赴约，增光添辉的。透过枝丫间的空隙看出去，天灰蒙蒙的，是压在心头的重。偶尔的缭绕烟雨令人着迷，这一天连着一天的，没个尽头，倒让人生了恼意，跟它急起来。

气温不肯抬头，身上的冬衣赖着不退场，算算，这一年倒有半年和它为伍了，委实一张黄脸婆的倦容，让人起不了精神。狠下心，换上春装，才小半天的工夫，喷嚏连天，吓得赶紧加衣保温，果真是春寒料峭啊。

在怨念中，春总算提裙掖襟款款而至，宁静的午后，正待在晒台看天地晦暗，心是寡欢的，凉薄的。一声轰隆，惊乍得跃起，寻究竟，邻人问道，是雷声吗？哦，是春雷啊。这个信使，来叩开春的门梢，叫醒还在沉眠梦境的万物。

站在祖母的屋前，乡村的清新罩过全身。河岸的柳树吐着新嫩，远看如绿帘垂挂，结在丝绦上的幼芽，倒像个小丫头编的细辫，俏皮得很。斜身穿过柳梢的燕子，亮清的鸟音掠过耳，追寻时，见它如轻烟般，飘进祖母檐下的旧垒中，忆着昔日的光景。东边小片的竹林里，有窸窣声从地上陈叶中过，是眠了一冬的蛇出洞了，这个冷血动物，着实惊人一身冷汗，真是“春雷一声发，惊燕亦惊蛇”。池塘边上团团的墨黑，仿佛刚洗过砚台，颤颤巍巍地，搅起涟漪无数，原来是出了老宅的青蛙产的小蝌蚪，在此间占了地盘。

随后的温度，似竹，节节攀升。菜园子热闹起来，这些餐桌上寻常的菜蔬，如波澜不惊的平淡时光，呼应着质朴、恬淡、婉约，不大富大贵，灼人眼目。你看韭菜，已拱开身上的泥土，浅红紫的韭根，配着亮翠的身腰，再来个“夜雨剪春韭”，老杜的意境立时呈现。青菜在不惊不扰间起薹了，过些时日，薹的顶部会缓缓地顶出小花蕾，淡淡地绽放，行云流水般的静。还有萝卜、芫荽、葱、蒜……它们低语商量要细细地开，蜜蜂蝴蝶在这些素雅的，不惊艳的花间，追逐嬉笑，闹着恋爱。胡萝卜的花却和它们有别，星碎的花儿，拥在一起，喜笑颜开地簇成伞状，一团和气得很呢。原来人间最深的烟火气里，也嵌着最浪漫、最诗意的人生。

立在春日的田埂间，风已是吹面不寒，做个看风景的人。桑树、麦苗、油菜，是成片成片的，拉开水阔长天的气势。既然春来了，也就不再提袖遮面作小女儿态，俨然是泼辣的大婶，挽起衣袖，扯开喉咙亮两嗓，让明媚的春光都为之闪会儿神，相看两不厌。

春天的公园，像个富贵人家的孩子，光彩熠熠，一副营养过剩的模样。人造的曲径通幽处，栽着品目繁多的花草树木，煦着暖阳，就着微风，再润几场细雨，已是欢喜万千。这里的树，枝大叶丰，是个要登台的演员，做了修饰，在春日这幕戏中尽心尽力地吹拉弹唱，舞出缤纷。花更是如海般繁盛，风拂过，花枝颤抖，大气凛然地稳住，端庄雅致，硬是没乱了阵脚，当家主母的态势不可动摇。如此这番，趁着还有一颗未老的心，一具还能远行的身躯，去看远山，去看绿水。

在这个久违的春日里，邀友同行。是下江南访苏杭？还是奔草原赴大漠？杏花烟雨中，自有朦胧写意，横斜溪水边的桃花嫣然，梨花月白，还有姹紫的泡桐花，又是别样风情，甜蜜和芬芳在清爽的空气中游走。然，草原辽阔，纯白的羊群映在无边翠绿上，那羊群似花朵直往天际开去，静静的，淡定地不生一丝脾气。“大漠孤烟直，长河落日圆。”这直，钢硬得多像严父的川字眉；那圆，柔和得好似慈母的杏仁眼。原来这春日里蕴藏了无限的爱意，在心波扩散，一圈又一圈，就做个浓情的人，且将大把春光留住。

“若到江南赶上春，千万和春住。”当然，这春不仅仅是属于江南的。不要刻意去追，有爱，美好春光自然来。春的气息也会漫溢到世间每个角落，只要你有心，只要你用心。

行走春花间

春日。看花。在春花间行走。

某个晴好的午后，邀上几人，一起去看花。骑着电动车，穿过小城，奔去郊外。是奔着去的，春天的花儿，开得快，开得灿，只怕慢了就不等我们了。有如去年，说好去看桃花，怎奈推了又推，得闲去时已是绿肥红瘦，误了花期，平添了桩憾事。

日暖风轻，是看花的好日子。去赴桃花的约，走进桃园，花儿在开，在开就好，是韶华当时，粉色一片。已有早来的一对新人在此倚枝拍婚纱照，在春风里笑，在桃花间笑，人面桃花相映红啊。隔道相望的梨园，却是粉淡香清自一家，你看它，白如素月，洁似雪花，倒不曾让对面的桃花占尽年华。紫荆花圃里，花儿不留白地爬满枝枝干干，是想捂也捂不住的浓烈奔放。这个时节的迎春花有些扫尾的意思，绿叶挤对着黄花，花朵零碎得让人心怜。我们踩着春泥在花间行，感受着阳春白日风在香的情怀。

就这样闲闲散散地走，心随眼动，不时有小澎湃在心胸起伏。原以为那一池残荷在阻春前行的步伐，哪曾想，辛劳的人们早在为春披荆斩棘，摇一艘小船，在枯萎的荷枝莲蓬间忙碌着。岸上围站了一圈踏春的人，和船上的人隔岸交谈着。方知这一池荷只为观赏，藕和莲蓬都没采摘，现在只有把这残枝枯叶扫清，荷才好出新。孩子们叫嚷着要莲子，于是一粒粒黑色老熟的莲子，从劳作的人手中抛出，在空中划一道优美的弧形，优雅地落到岸上。就像孩子终究要离开父母的怀抱般，无论曾经那方天地多温暖多安全，自己天空的这片蓝色，到底是要靠己力所为，努力涂染，方能精彩。

田野的上空是蓝天，白云是开在天上的花朵，大朵大朵地开，把一腔喜悦铺陈得辽阔万里。地上也有开得气势磅礴的花，满地满沟热烈明亮的黄，是向天边绵延燃烧的油菜花，仿佛要跟云朵一试高低。

倘若你低头细看，还有许多微小且色彩各异的野花，在田间地头兀自绽放。翠色欲流里缤纷如星的花儿，不争不抢，用不惊天不扰地的姿态，默默点缀着春天。

偶有牛羊在其间懒懒啃食，快要尘封的记忆，如闸门拉启。许多年前驮着落日，放学归来，一刀一篮的时光里，有埋怨有欢乐，篮底垫上砖块，然后再铺上猪草耍小聪明的幼稚行径，以为能蒙混过关。田野沟渠的奔波寻找，以及发现目标的欢欣兴奋，把初升的月亮，也笑得弯起眉眼，跟着乐呵。如今几乎看不到挑猪草的学生娃了，现在不少孩子眼里的色彩是电子产品给予的，忘记用大自然的花红草绿来浸染心灵之窗，更别说用双手去触摸嫩草娇花。

就像此刻，坐在四面海棠花作背景墙的天地里，孩子们无视这春暖花开的美好，只忙着抢玩手机游戏。而我们在春晖下，生怕负了这春光美景，只想手执一卷好书，烹一壶香茗，在袅袅烟气里，在花香暖意里，把这段宁静时光嵌入心怀，咀嚼细品。

暖风回

得节气授意，春天就这么顺着风脚来了。

春风骀荡，骀荡之下，春色有了富贵气，有了喜悦气，这些都是春意，是春意啊。盎然春意里想做几件事，爬上山脊吹吹风，走到江边吹吹风，隐进雨巷吹吹风，立在原野吹吹风。吹风的时候，干些什么呢？那就发发呆，看看和煦暖风里的生机四起，一扫寥落冬季的萧寒吧。

山上的花草树木，在回暖的春风里，嶙峋的枝干、枯萎的根茎松弛开来，于是鸟巢藏匿绿色里，于是就有了山花烂漫。暖风荡过山，绿叶和花朵气息饱满了，生命的圆足，让人想象无限。风推动着阳光普照，化开山岚，松涛声和着鸟鸣在舒缓的风里起伏，啄木鸟“笃笃笃”，它将风嵌入树身，树被唤醒，树叶亮出的动听音色，更衬山野寂静。山上有竹，翠意森森，竹林有故事，竹子有品质，“千磨万击还坚劲，任尔东西南北风。”临风而坐，迎风相和，山在，林在，竹在，我在。

江水渺漫，远眺，独望春风翻波起浪，衣袂飘飘，逍遥。自临江山上的晨钟暮鼓余音里，听见风过古寺的声音，蘧蘧然。浸了江水的湿润的心在暖风里生出翅膀，御风而行。潮生涨旧痕，潮落石头出。护岸石上，旧痕累积，旧痕是江水的漫漶，风霜难洗。春风壮美在浩荡的江上，汪洋恣肆，春阳慷慨地洒在江面，金光烁烁。

归燕衔春而来，穿过丝雨，钻进旧窝，啄泥般将回升的温度洇润进人间烟火。雨天的古巷，风越墙过瓦，黑瓦白墙，青瓦灰砖，有旧气，有旧味。微雨春水里，端的是一幅水墨丹青，纸上故园，色彩淡了，不似春日。雨巷深处，光阴沉淀，巷尽头一户人家的院墙内，横斜出一树桃花，灼灼其华，一树梨花，玉容带雨，巷尾延伸出去是广阔的田野，旺盛得耀眼的油菜花，洗了青烟气。

“骑牛远远过前村，短笛横吹隔陇闻。”牛年春行，春山如笑，见山脚下散落着一头又一头的耕牛，就像韩滉的《五牛图》从纸上蹦到田间，尽管不见牧童骑乘，未闻笛声悠扬，但春风吹拂下的一群牛，仿佛比人要快乐多了。远风平畴，我在朝阳脚下，原野在我脚下，如幕的阳光打在春天的乡野上，蓬松软和，春光雀跃。春时，草木萌发、动物繁衍、农人播种，破土而出的胚芽欣欣向荣，韭、笋、蕨、薤、茭白、荠菜、芦蒿、马兰头、紫苏叶、马齿苋、蒲公英……春天在齿颊间跳动，滋味甚妙。

岁月山河，阳和启蛰，韶光淑气。风层层回暖，它将春天凝在风中涌动的初绿新红里，自然积蓄全力，借春风之势，淋漓尽致地释放万物的繁茂，一派锦绣。

夏随风里熟

河岸的三株高大的泡桐树姹紫万千，在暖阳中婀娜着，摆出撩人的姿态，任人沉溺。你听，“啪”的一声响，紧接着又一声，然后就连绵不绝了，在渐热的风里，满树金钟似的花儿，丢盔卸甲般地坠落。

枝丫间的绿意一日日涨起来，你看，是嫩绿、翠绿、老绿一路逶迤，树上的鸟巢也淹进绿色里了，春被锁住，夏就这样款款而至。

晨起开窗，有风灌进，它不似春的暖融，秋的清凉，冬的苍寒，这入夏的风卷着热度袭来，专心致志，不敢懈怠。像草原上的牛羊群，聚精会神听着牧人嘹亮的口哨声，在云端停留的悠扬，全神贯注看着牧人手中的鞭子，在空中甩开的架势。热风抚过世间万物，夏季的熟随风盎然起来，不禁怦然心动。

麦穗张着锋芒，沁人心脾的麦香就着风向，在天地间飘散，风吹麦浪的气势是壮观的。是啊，连走了三季的征程，途经艰难困苦，挨过去了，挺过来了。傲立四季的夏中，在主打绿里，涂抹上金黄，是怎样一幅震目漾心的油画啊，何其幸，我就是踩着这幅绝美的画面，睁眼看世界的。

收获和繁忙，是这个时段的主题，于乡村尤甚。布谷鸟不辞辛劳，起早喊操："麦枯草枯，赶紧收割。"农人揉揉惺忪的睡眼，扛着疲惫，用冷水擦把脸，拿起农具开起早工。如今在麦收的时候和母亲叙上会儿话，总听到她感慨：想当年生你坐月子时，家里少了劳力，让你读高中的小姨来帮忙，麦芒刺得她浑身长满疙瘩，她哪受过这般苦啊，那份怜爱之情隔了这么多年愈加浓烈。如今，农业现代化好啊，都是机械操作，人是轻松许多了。

虽说体力上是减轻了，但勤劳的农人不肯浪费了光阴，土地在他们手中，成了描绘不尽的画卷，成了抒写不完的诗篇。成片的麦田，他们嫌它单调，于是在四周种上蚕豆、豌豆、黄豆等，如此点缀，像是少女衣衫上镶嵌的荷叶边，更显娇俏。拿个竹篮，田边一转，青青的豆荚情绪饱满地躺在古朴的篮子里，青翠诱人。洗净，随清水下锅，顷刻，豆香溢满厨房，令人垂涎欲滴，捞起装盘。最惬意的吃法，是搬来桌椅放在树荫下，坐在夏风里，邀邻人一起品尝，聊着天南地北，如此，生活素淡，心境清明。

一路招摇的菜花，几番风雨历练，瓣瓣落地碾作尘，悄然退场。再看时，粒粒菜籽在荚内抻腰踢腿，心急的，挣脱了束缚，忙着来瞧世界。于是乎，找个晴朗日，在晒场上铺好塑料膜，割下菜秆放在其上暴晒、捶打，紫色细小的菜籽越堆越多，阳光下盛满喜悦。日后你去田间，浅浅地雾了层绿，那是忘了归仓的、调皮的菜籽发的芽。它们抬起稚目，看旁边的桑园，蚕农在忙碌地采桑叶，家中有嗷嗷待哺的蚕宝宝，原来每片精美的绫罗绸缎里，浸透了多少汗水啊。有幼童在其间玩耍嬉闹，随手摘下熟透的桑葚解馋，不会儿，小嘴小手紫色一片，惹来大人几声宠溺的骂声，也不当真，依然如故，银铃般的童声随风飘到老远……

伫立窗前，赏办公楼前的六株广玉兰，四层楼高，叶片肥厚，绿色稠浓，以不变应万变，不变的是它的四季绿，变化的是不着迹地换下了去年的陈叶，以簇新的绿昭告世人。因造新楼，要把它们移植，不知来年我的相思往何处寄放？念此，倒生出几许惘然。

温度增升，风里藏着热，拂过每片叶，枝干上的花苞终究耐不住了，撑破外衣，露出白绸缎似的硕大花儿。最喜它们半开的模样，都说月盈则亏，花开则谢，因为半开着，离繁盛还有余地，留人无尽的念想，至此的美丽端庄，如玉碗摆放枝头，把熟夏盛在里面，芬芳缭绕。

夏晚闲行

入伏后的夏日，晚六点下班时，阳光依然那么骄傲，大地燥热未退。回家吃瓜、啃玉米，提上水壶往郊外走，往我的年少时光里走……

光洁的黑色路面，两旁绿化带中绿肥红瘦，蝉幽居其里，长鸣不歇，吵得树叶也生了厌烦，像赌气似的一动不动，不理不睬。记忆里的蝉鸣，在从前的热夏中也曾这样近距离高歌于我的睡梦中。与邻家的巷道两旁，大树浓荫蔽日，在天然绿色屏障里搭张竹床，在只能手摇蒲扇生凉意的炎夏，已是天堂。蒲扇上细细纫了一圈碎花布条，这是祖母惜物的杰作，泛黄扇面上刻着岁月印迹的斑驳纹理，那是阳光透过时间的溪流，留下的纷呈精彩。

正当出水青荷年纪的我，每逢暑期都被送到祖父母身边。乡村的夏日黄昏，暑气渐退。大人们趁着晚凉，抓紧干着田间地头的农活儿，在这样的傍晚时分，农家的孩子都在做什么呢?

拎上篮子，到自留地里看看昨日做了标记的瓜今日能否采摘，每每总能满载而归，其中长条菜瓜是晚餐桌上的一道脆爽小菜。生火做饭，于十几岁的乡下孩子来说，已不是难事，算着大人归来的时间，在土灶铁锅里熬上薄薄的大麦或玉米面粥，盛到盆里待凉，让戴月荷锄归的辛劳家人正好能喝上稠稀、冷暖恰好的爽口粥，算是尽了自己的一份心力。刷净粥锅，烧开水把暖瓶注满，趁着灶里还有余火，满上水焐着，为洗澡而备。然后扫清门前的场地，泼上井水降温，再端出吃饭的小桌，搁好竹床，也有人家在几张大凳上放上门板，这些都是预留晚上纳凉时用的。

收拾妥当，洒上几滴花露水或风油精在澡盆里，让自己洗个清凉、带香气的澡。木头澡盆里的水“啪”的一声响，被泼在门前带热度的泥地上，圈圈洇下，层层漫开，像初涨的潮水。往着场边的花丛里漾去，一直荡漾到那开得像蝴蝶样缤纷的凤仙花脚下，还有密密匝匝、吵吵嚷嚷的晚饭花下……

岁月的沙砾在稠涛浓浪的翻卷打滚下，落到当下我心底的这方砚台上，以凡俗世事为墨锭，用时间的水研磨出越来越浓的墨汁。偶有闲时，会让思绪去一趟初时的墨淡水清。

就像此时伫立在这片翠绿的水稻田前，想它还是如从前样的纯净幽远吗？从水渠灌进稻田的泠泠流水里，还有蛙叫？还有虫鸣？青碧若玉的稻叶仿佛毛毯样地铺开，平绿之上，还有蜻蜓点缀？还有白鹭翻飞？电子娱乐节目寥若晨星的旧时，我在繁星密布、空翠蔓延的夏日夜晚书写着生命里不能抹去的记忆。

夜幕下，劳累整日的人们终于歇息下来，三三两两话着家常。门前土场上拿着大蒲扇笑扑萤火虫的孩童和绕着脚边打转的黑狗白猫，足以把安静的村庄渲染得生机盎然。清远素月澹澹波光下，我的翠绿环绕的村庄，也处处是诗，是词。

不远的池塘里，晚风飒至罗裙般的荷叶中，卷起荷花的香气徐缓放送。月光下的青荷粉花上，下午那场雷阵雨的痕迹还历历在目，你看，在绿蜡似的叶片上，荷珠点点倾，宛若调皮的孩儿，欢蹦乱跳，一个不小心就滚落池中，融进水里。夜宿荷叶上的雨珠，会在翌日的初阳里逐渐被蒸发，满池的荷叶将映现出“水面清圆，一一风荷举”的美景。

闲行在夏晚时分，我听到旧时光阴流淌心底的潺潺之音，似白云行走在清溪的空灵；我看到未来时光呈现眼帘的斑斓之色，如彩虹盛开于蓝天的绚丽。

秋天的大地

秋阳遍野，白云高悬，凉风吹袭，坐在垄上，与一棵站在丰收里的树对视，交流着秋天大地上的事情。

成熟的气息弥漫周遭，植物们携带着鼓囊囊的包袱，包袱里装满了土地的期待，这份期待被收获的光芒点亮，在日月对映里腾腾燃起。

被点燃的收获就从豆荚的爆裂轻响声中开始吧。这个季节真好，气爽天高，田地里劳作的人们，娴熟地挥舞着镐、锨、锹、锄……这些在手中攥握的农具也因此有了温度，农耕文明就这样不着声息地浸润到它们身体里面。南飞的大雁排成阵，沿着时光生成的航线飞翔，此时它们身下原野上的人们又在想着什么呢？

是想着今天收割的豆子，趁好天暴晒几日，再用连枷捶打，收拾干净，送些给住在城里的孩子，他们爱喝豆浆，说是植物蛋白有营养。再送些去村头的许家豆腐坊，留着平时换豆腐和百叶，许家豆腐坊做了几十年，在这一带口碑好得很。尽管“煮豆燃豆萁，豆在釜中泣”的典故让豆子抹上了哀伤的色调，但豆子不争辩，依然纯净且快乐地用本心开花结果，尽己之力，供应所能。农人也不管，照样燃萁煮豆，豆秆在灶膛里噼啪作响，新豆在锅中散发清香，偶有漏网之豆炸裂在火焰中，急促且稀疏的脆响里，把故事深藏。广袤的秋天大地上，一颗豆子也会用心书写属于它的只言片语。

想起乡野的季风里，稻浪起伏，岁月丰腴。沉甸甸的稻穗用饱满的情怀在写诗，写关于秋天的诗。在深厚的田野上，大地喂养出了稻、黍、稷、麦、菽五谷，五谷又哺育了人类，让其繁衍生息。如果将秋喻为中年人，那五谷里的稻也是属于中年的吧，它以向土地虔诚地低头的谦恭姿态，感恩着大地，这是成熟稳重的中年才有的姿态。麦子就不一样了，在热情洋溢的夏季里，亮嗓把锋芒毕露的金黄喊来，演绎着属于它的青春年华，喧闹，高扬，沸腾。当站在中年的门槛上，回望青年，那个蓬勃如春的韶华虽已被时间的滚滚车轮碾压过去了，但它曾拥有的已存储进记忆里，不能挥去，如今身处饱盈盈的秋天的怀间，又何尝不是另一种幸福呢？

还会想到缀满天边的云朵会不会是从棉桃张开的嘴里吐出的？此时棉田在飒飒秋风中，在地阔天高下，在畅然明澈的秋季亮出了它最鲜明的旗帜——花开天下暖。节节升高的芝麻，它在竭力缩短与天空的距离，边开花边结果，各忙各的，不亦乐乎。柿子树“腾腾腾”地在树上张灯结彩，红彤彤一片，喜庆得很。栾树也不示弱，以量取胜，把灯笼挂满枝头。柴火堆上、桥梁上爬满了乱哄哄的扁豆藤，我想板桥先生当年写的“满架秋风扁豆花”中的“架”，不一定就是专门搭建的架子吧，要不然将如此泼辣的扁豆拘束在特定的范围里，该有多憋屈啊。丝瓜不甘屈其后，恣意且高调地扩展自己的地盘，先占个山头再议。于是绿叶紫花、绿叶黄花，各显妖娆，在秋风里造势显摆。南瓜、冬瓜更是走粗犷路线，藤藤蔓蔓匍匐一地。豇豆安静地垂挂在芦柴搭成的架子上，根根豆荚像棍棒，在豇豆的江湖里，看似风云未动，却是暗波涌动，如林的棍棒下阵势早已摆好，就等令下了。

也许是嫌这个世界太喧闹了吧，有些植物更愿在泥土里修行，花生、萝卜、芋头、红薯……埋在地下的花生，静心安然地在泥土里过着多子多福、膝下承欢的快乐日子。萝卜是执行独生子女政策的楷模，一个萝卜一个坑嘛。芋头、红薯里乳样的浆汁，那是大地母亲赐予的呀。手执一束稻穗轻嗅，上面溢满秋天老熟的气味，这会儿时间的枝丫上籽实累累。

暮色四合，对视之中的那棵树渐渐模糊在视线里，不远处人家的灶膛里，或硬或软的柴火正携着各自的香甜和苦涩被点燃，抱着风的炊烟缠绕在大地上空，此刻，夜色渐深，秋意正浓。

冬日看海

冬，万物开始归隐，遁形，目所及处是天地间起了萧瑟。人，已是慵懒，总得看些什么，来填充这颗渐落空虚的心，去看海吧。原先早在明媚的春日，菜花烂漫时，就约好去看它的，竟拖到四季的尾声，还未行，是负了它呀。明知不是看海的最佳时节，就因为不想做负心人，要承兑心底的允诺，不要商榷，执意要去。

约好友人，我只说要去，她不问缘由，就腾出时间陪同，解我心、灵犀通的知己是人生难寻的珍宝。启程向东，全新的柏油路面，驰骋。打开车窗，过耳的风，过眼的景，心，雀跃，忐忑。寒冷浸骨也不顾，好似在外的游子，有了亲乡的意，旅途的疲乏不视，沿途的美景不见，只剩那颗奔赴母亲怀抱的心，在颤抖，在悸动。

恨路长不见头，它又怎晓得我急迫的期盼的心。路面开始颠簸，是要到了吗？下车看，只有土，只剩土，上车，继续行。渐感空气湿润，是微风卷着海水袭来的。这样明朗的天，这样轻柔的海风，是我始料不及的，冬天的海风该是凛冽的、咆哮的。如此的风，拍打在脸上，恍惚是母亲的手轻抚面颊的甜。

终于到了海堤，是最新的大道，望不到尽头。感慨人的伟大，这么长的海岸线上，筑上堤坝，聚了多少智慧，又洒了多少汗水。回首纯人工的年代，一锹一铲，一肩一兜，是何等的艰辛啊。堤的下方颜色深，是因海水日久的浸润，还没有涨潮，近处看不到海水，海水在远方，寥寥帆影在上点缀，如若晨时遗落浩渺天际的星，孤单，寂寞。我们斜着身走下海堤，脚下的滩涂上，有海水熨烫出的波波纹纹，动感美妙，已是中年的人了，忽略了年龄地在上蹦跳、嬉闹，如纤指在琴弦舞动，奏着仙乐。此刻，俗务尽抛，有的只是徜徉其间的酣畅淋漓、忘乎所以。

滩涂上有种植物，不知姓什名谁，似花非花，十几二十来厘米的模样，枝干上簇着梅红色米粒大小的，像叶又若果，透亮欲滴。撅下两棵带回，栽在花盆里，原想它有温室的呵护会愈加艳丽，哪曾想熬了数些日，饱满的情绪渐黯淡、低落，在生死线挣扎。滩涂才是它的天地、它的舞台，逼仄的花盆只能困囿它，施展不开。它是属于广袤的、看似贫瘠实则富饶的滩涂。

回头去看旧堤，隔了好远，在沿途围垦的滩涂上，镶嵌着繁星般的风车，几乎是屏着呼吸地欣赏，除了震撼，还是震撼。原先的堤坝两旁已是良田无数，堤的两边生长着茂密的树，叶已落光，树瘦，嶙峋的枝丫指向四周，天做了宣纸，随意泼洒的几笔，已是惊心。许多年了，树经历岁月、风霜的敲打，练就了钢铁般的腰身，伸出的枝，你的纠结着我的，缠绕，互通，已是分不清了。

起风了，风，是海的风，不是扑面的，不是呼啸而过的，是人被卷在其中的，是万马奔腾、铁蹄铮铮的围剿。这才是我要的，扯开头绳，任海风吹乱我的发，没有掬得海之水洗涤的脸，就让海之风来击打吧，也不枉走了这遭。

有劳作的人经过，兴奋地告知他："起风了，好大的风啊。"

"风？哪有风？"他居然没有察觉。

看着他渐远的身影，我们愕然。这穿林入海的、震动耳膜的、席卷天地的海风，在他眼中竟是那样淡然，那样平静，仿若他的一日三餐般。

是的，他说没有风，就真的是没有，终究因为他是海的主人啊，日复日年复年的，嘶吼的海风是他的亲人，已融进了他的生命。怎会像我们这些过客，一点儿的风吹，恨不能草木皆兵，整日的红尘奔波，憔了颜容悴了心态。

回程途中我暗暗嫉妒起那些滩涂边零星的房屋，以及屋中的人们，少了尘世的烦扰，有的只是那颗珍贵的、恬淡的、平和的心。或许哪天，我也会在此砌一座小屋，住在里面，远尘嚣离纠葛，揣一颗看海的心，让凡尘来的人们暗暗地嫉妒着我。

天地共舞的梦

和他回老家过年，冷啊，是透过骨浸到心的冷。天灰暗，俨然一场大雪将至，躲也躲不掉的。傍晚，风卷着雪珠，风也冰了，约上他步履风雪中，抚过脸的风雪有刀划过般的疼，看似柔软的雪竟也如此犀利。

知晓我一贯怕冷，母亲来电一个劲地嘘寒问暖，倒有些让我生厌了。转念想，我哪怕到鹤发鸡皮那天，在她心里，依然是需要呵护的，有母亲唠叨的日子是窝心的暖啊。只听她说，想来看这阵势，一夜的雪告下来不小啊，要多穿衣，少出门。喜欢这个“告”字，一下子就让人倾情，就揪心撕肺的了，是天告知地的，当是要铺天盖地的，要轰轰烈烈的，要莽原万丈地占据，要素裹银装这片大地。是天和地的缱绻，共舞的梦。

于是我伴雪落，恰好是在乡村的夜里，没有城市的纷扰繁杂，有的是静谧温馨。夜深，家人皆眠，天地大静，风烟俱净。我在烛影摇红中读着周邦彦的《满路花》：“金花落烬灯，银砾鸣窗雪。夜深微漏断，行人绝。风扉不定，竹圃琅玕折。”听墙角暖窝里猫的鼾声，听着风听着雪，也就心旌摇荡起来。滴答声起，似是雪停，换了雨，或是雪裹挟着雨，两厢在空中就交融了，就亲昵了，润入万物的是水了。推门求究竟，寒凉窜身，立时从眉尖惊到脚心，哆嗦不已，北风紧啊，这“紧”里又透着无限的苍凉与艰辛，悲怆与凄切，似金戈铁马过阴山，气吞山河如猛虎。如此，人倦了，心淡了，就寝，来入我的梦吧，期盼着。

凌晨，黑幕未掀开，被簌簌声惊醒，在屋后小片的竹林中，是有别于风掠过竹叶的声响。终是来了，在我的痴情等待中来了。不忙起，由着它缤纷落，由着它漫天舞，舞出一个别样的世界，我与它各不惊扰，却也惊扰，惊扰的是各自的梦，各自的心。

天吐白了，有光穿过窗帘的缝隙走进来，直刺向眼，也罢，不和它赌气，见它吧，在这个纯净乡间的冬晨。以为天地大白了，却只是薄薄地敷了层粉，原来天地只入了浅眠，做了个淡淡的梦，却也将天地增得秀美婉约。

门前田地里的青菜，小家碧玉般，越发曼妙空灵了，绿油的叶片半盛着白素，翠白相间，玲珑惹怜。两棵久经风霜的枇杷树，叶大荫浓，冬花展枝头，着点点白雪，团团簇簇，拥挤嘻哈一片。立在树下，幽香自清寒中过。放眼望，远处青砖碧瓦或红砖朱瓦的屋顶也刷了层淡白，顿时生了国画的味道。来到屋后，顺阶走下河堤，河水就着这一阵又一阵的冷，结了冰，雪落在冰上时，似有轻微挣扎的疼痛，很快就融进冰里了。

拉上他，走进覆了淡雪的广阔田野，莫大的天地，小径上只行走着我们两人，雪还在不紧不慢地飘洒着，低头看，看雪柔柔地落在矮矮的麦苗上，一层一层浅涂，终究还是露了青绿的边，怯怯地张望。谁家懒惰？还留着几行棉花秆，站在风寒中，更显黝黑孤寂，纯白的棉花已采摘，遗落枝干的棉铃注入新的洁白，有了重生的欢悦。田地中间有方鱼塘，被河道疏浚的淤泥填埋，却未填满，泥土龟裂，杂乱生长的草已枯，在风雪中东倒西歪，雪浅埋了草根，倒显得细弱孤零样，怎奈它们经春风吹拂，又会精神抖擞，一派欣荣。

他说，带你去看曾经就读的小学。迈过一畦畦的农田，越过长满芦苇的沟渠，走到跟前，原先的学校现改成村委会，曾经琅琅的读书声已消弭，进去吧，总还留存些记忆的。我们在梅树旁驻足，我看到他眼中的惊喜，晶莹。梅还是那个梅，这么多年依旧在这里独自绽放，独自孤赏，我们披着雪来了，从此不再孤单。这样的雪，是美人小酌后的微醺，恰到好处的醉，却也意犹未尽，省略号般。所以，此刻，眼中的那株梅树，雪落梅开，细嫩的蕊上粘了雪，轻颤，剔透的花瓣上驻着雪，秀气，由着这三分薄冷衬它的寒香。

往回走，仰面，看天地间的梦在恣意飞舞，顺着睫毛落入眼中的雪，顷刻，已浸我心，和我的梦缠绵。

第四辑

乡居有痕

XIANG JU YOU HEN

乡居有痕

回望光阴，芳华如花，铺爬满身，留痕有浅有深，近一年的乡居岁月，是流泉潺潺跌落石上，石纹清晰，路数可寻。

返回衣胞地待业，没有偏离父母设计的人生路线图，循规蹈矩的青春时光，有些遗憾吧。彼时，疑虑生命的河怎会如此平常？此时，经历多了，温习从前，心驰神往。

乡居的日子是单调的，又是鲜活的。到镇上文化站借阅书籍是当时主要的外出活动，看书费用以天计算，因此我在没有硬化的路面上往返频繁。一路上的春华秋实，夏暑冬寒，俯仰之间，或谛听或凝神，感受着周遭。放眼大地，村庄星罗棋布，河流纵横交错，四季在田畴之上表情丰富。

邻里乡亲中差不多大的孩子，有继续学业的，有外出打工的，只有我与祖母相伴，与老猫嬉戏，读闲书，听风雨，做了个闲人，格格不入。

夏时归来，正值雨季。闲来无事，蹲在屋檐下看雨，时而下成一道水帘，时而雾成一层轻纱，一只野来的秃尾猫绕到脚边陪我。雨打在院墙的瓦上，我听到玉珠飞溅的声音，我看到雨花在瓦上朵朵地开。青瓦变身黛瓦，瓦上生烟，片片迷蒙。院墙内青苔砌井，老桂扶疏，雀儿立足柿子树上，抖抖羽毛，点头轻啄，鸣叫声声，音韵清亮。雨过天晴是绝色，雨后彩虹是斑斓入怀，培出一片明媚。晴好的夏晨，攀附在篱笆上的牵牛花顶着满身清露，言笑晏晏地仰头开花，喇叭花的叫法很形象，朝颜的说法就有些古雅清远了。日头升起，葵花醒了，一晚的月下安然，此时有了太阳的投射润泽，个个昂首挺胸，它对太阳有着纯粹的执着和虔诚，向阳的葵花之心如明珠样莹润。祖母的一缸豆酱在烈日下灼灼燃烧，醇香四溢，褐色的陶缸，旧时风貌，农家情怀袅袅盈出。

我倚在田野中的一棵大树上，倾听时光在季节里哗啦啦流淌的声响。秋是殷实饱满的富足，是锦绣满腹的烂漫。长风浩荡，庄稼起伏，瓜果硕硕，熠熠光彩，流泻千里。谷香果香是原味香，这种朴素的香气宜安心养神。在秋风、秋雨、秋阳的推送下，浅秋浓秋，各尽特色。秋似乎是从云朵开始的，抬眼时，高悬的湛蓝天空上，朵云如白羊在无拘无束地奔跑着。我就这样看着天，看得眼酸，一只飞虫看上我上仰的脖子，蜇了一下。枯叶落到发间，知秋之叶，移目看树，树欲静而风不止。南行的大雁在空中写字，无垠的秋光擦亮了每粒谷子。生命充沛得让人心颤，我认真等待成熟和收获。

时间的手将秋天的帷幕缓缓拉上，日子踏踏实实地过着，无波澜，不壮阔。冬接力，天地卸妆，清厉萧索，书写着简约和凛冽。《枕草子》中说："冬天是早晨的时候最好。"最好的早晨我赖在被窝里，脚下的热水袋，已经被早起的祖母重新灌了晨时刚烧的热水，日上三竿时穿衣起床。"杲杲冬日出，照我屋南隅。负暄闭目坐，和气生肌肤。"坐在庭院里，拿本书，靠着椅背，有句没句地看着，懂或不懂，不在意的。蓬勃的岁月中能负暄闲坐，如今想来真够奢侈的了。起身到厨房拿个祖母焐在锅里的山芋，经了霜冻的山芋甜度飙升，红皮白肉，不宜猛食，易噎着。庭院外的晒场上，准备腌制的白嫩萝卜，一瓣瓣好似旖旎秋月，躺在长长的柴帘上，寒冷的冬日里可见秋天的行云流水。冬藏，人藏拙，物藏身。富余下的山芋、萝卜、芋头什么的，以防冻坏，就挖坑埋藏了。冬时，锅灶里萝卜炖肉，“咕咚咕咚”沸声四起，添了暖意的气场，不畏牙寒，生吃萝卜，嫩脆清爽，顺便拔拔腹中的浊气。天空端过来数场雪，染白了一切，也拔了天地的浊气。

尽管草色遥看近却无，大地还是知道春天来了，润如酥的细雨是春的注脚。乡居里的春日，是本厚实的书，纸页写满春光大好，是“幽窗开卷，字俱碧鲜”。有屋上春鸠鸣，有归燕识故巢，有河边的桃花红，有满田的菜花黄，还有吃春的融融乐意。春天田野的清新滋味用“卷”的方式涂抹了我的味蕾，春卷皮是到镇上还书时买的，村里无人做。春雨后的荠菜不同冬天的，多了份清润，是做馅的首选，春到人间一卷之，不久，荠菜花在桑园里悄无声息地开了。稍不留神，周边的绿意已然横阔起来。“桑之未落，其叶沃若，于嗟鸠兮，无食桑葚。”斑鸠吃桑葚，我没看到；我吃桑葚，镜子看见了，镜子里的我，嘴唇紫亮。麦黄菜籽熟，布谷声中夏令新，丰收后的田野又将会被农人疏密有致地重新谋篇布局了。

爬上河东面的圩上环顾空静的村庄，一个四季轮回在我色泽鲜亮的年华中贴心走过，在安宁且温暖的乡居生活中刻下了不灭的痕迹。即便到了策杖而行的年纪，我还会忆起那年的黄绿交接，枯润交替的。

故里风物闲美

在田埂上与第一缕暖风相遇时，正聆听着拔节而上的庄稼的呼吸声，平稳清新，气吐如兰。

熟悉的风物，被时间酿造着，让万物生命更馥郁芬芳、更饱满圆融、更厚实沉甸。

光阴悠长，岁月朗阔。

青青的麦苗铺盖于野，低温里回应着早春的问候。被清寒瑟瑟的冬风，吹得身子骨结实有力了，在等待春风的日子里，你知道它有多珍重吗？入骨入血地扛过朔风白雪，为赴这场暖意的约会殚精竭虑。谁都有成长痛，没有例外的。

大片的麦田汪成海洋了，绿油幽深的海，风将波涛的形状复制粘贴过来，麦子抓牢每个向上奋发的机会，时刻准备着，和节气风雨兼程，并肩而行。它的无数根须深挖土层，互相结盟，夯实基础，立足站稳。直到子规声里春光谢，在“麦枯草枯”的啼叫声声中，已是锋芒毕露。从前，黄灿灿的它与镰刀短兵相接。今日，它将面对收割机，在轰隆声里华丽转身。揽住三季的时光，须臾不停地完成它的使命。

“乡村四月闲人少，才了蚕桑又插田。”刚腾出来的麦田，上面还有残根断茬，秧苗已排好队，喜迎乔迁。白鹭赶来凑热闹，没站稳脚跟的秧苗，在鸟儿的几番起落下，直打趔趄。这季的收获里有着来年丰收的期盼，播种、管理、收成，循环往复的生命，彼此相依相存，环环相扣里切换自如。

楝花香，枇杷黄。小姨家庭院外的枇杷树每年挂果硕硕，满满一大篮送来，吃不完，于是妈妈添了熬煮枇杷糖水的活儿。夏时，她们老姊妹一行三人回娘家看望哥嫂，是想念了。晨出晚归，带回了好多枇杷，说是我舅舅家的枇杷丰产了，尝了几颗，真的很甜。

之后路过他们家，叶稠果密的枇杷树立在门前的晒场边，果真是缀满一树金，乡村人家的果树大多生长在一些边角地带，尽管少了主角光芒，该有的气场还是摆在那儿的，这不您瞧，它干直、叶茂、果盛，势头正旺着呢。还有好多果实未采摘，太高了，够不着。我让舅母有小树苗时留棵给我，她说哪晓得我要啊，今年她把树下出的小苗都给锄了，太多了，不稀罕。数见不鲜，物稀为贵，还真是的。

风继续用绿色涂抹大地，我知道这片热土，它会用诗意般的深情和辽阔迎候我的归来，我在生于斯长于斯的地方回望又眺望。

玉米呼应着夏日的节拍，青纱蔓蔓。许多年前，我的暑假在这里无拘无束。每日餐桌上的一盆煮玉米棒，那是大人趁着早凉钻进密不透风的玉米田里，挑选掰扯下来的，如果你走过一片玉米地，看到最边上先秃了的玉米秆，那大多数是孩子们的杰作。

闲逛至久未通航的小河，青青的荷叶覆在河面，叶间有白鹅浮游，青白两色，分明清爽。不知是鹅衬荷，还是荷配鹅，不远处那位写生人的画笔下，又是如何布局的？没有探寻。

在蒋捷的《声声慢·秋声》里，密密秋声，秋声处处。在这些秋声里，有些已丢失在过往的风里，留下来的正镀着金向我迎面而来。

人生代代无穷已，江月年年只相似。秋月清辉，月下走走，村庄淹没在溶溶的月色里，像蒙了薄纱。虫鸣起伏，它们是想用声音拱破这层纱吗？不知道。那欢腾的叫声，仿佛从床底发出，穿过梦境，直往灵魂深处敲击，很近又很远，很喧闹又很安静。

秋阳照在柴火垛上，上面有紫亮亮、绿莹莹的扁豆，从一粒种子着地，它就在等待秋风来临。扁豆的泼辣劲儿，秋风看得清清楚楚，攀爬，延伸，追求生命的执着，真是拉都拉不回。耳朵般的豆荚贴满垛身，生了豆粒的，抚摸之下，凹凸分明，有轮有廓，秋耳玲珑。它又好似把把弯刀，垂挂在藤蔓上，在秋日里斫风斫雨，斫出自己的明亮天地。

冬找出收藏多时的大剪刀，“咔嚓咔嚓”下，剪去繁华，剪出一个清冷的世界。它在收敛，在蓄积，它有它的内涵和深度，它在舍弃里扩展自己。

即便阳光像欠温饱时煮粥多加了两碗水般的寡淡苍白，虽说色泽素淡了，但温暖却一直都在的。几位齿落耳背的老太太，贴着门前的墙根，坐在一起剥豆、聊天，其实这些只是晒太阳的一个背景罢了。究竟说了什么，相互之间真不一定听得清，那就由它去吧。时光行进到她们这儿，早已放缓脚步，不慌也不急的了。

冬天的形态是简约的，相貌清晰，脉络宛然。在养精蓄锐，在憧憬一场瑞雪兆丰年。河流清瘦了，岸边未砍伐的芦苇，枯黄黄地面寒而立，发出簌簌之声。寒林霜草，天空开阔。

温度回升，阳气涌动。天地松动筋骨，亮出胸膛，张开双臂来迎接又一个流光溢彩的春天。四季轮回，天荒地老，在我的故里，美景良辰依然，风物闲美依旧。

抵　达

一张张照片发送至我的手机，她人在沙漠、在草原、在大海、在深山，在读书、在跑步、在养花、在种地……无一例外地标写着“抵达”。从浏览网页读到她的文字开始，到见识了她的襟怀，而感动，而共鸣，于是我也尝试着用文字来描写我的抵达，手握寸笔，智能时代，网上共情，彼此相惜，已过经年。

越过水远山长的艰难跋涉，沿线一路排布，或疏朗，或密集，抵达某个时段的目的地，吾心甚慰。

一抬脚，就在征途中。冷暖人间，风烟历史，有使命感，有沉积感，脚加一程，心中承诺的重量便又添一分。脚程如酵母，在时光里发酵，多叠纷繁地酝酿着源源不断的细节和情节的涉入，导览过往，抒怀未来。

从踏进校门那天起，在求学的路上春秋来回。路旁的田野，犁铧破土，土壤开花，地底汹涌而出的热情，让植物生长得生动丰润。庄稼绿了黄，黄了绿，丰收从泥土的深处出发，谚语云：“宁舍一锭金，不舍一年春。”年复一年，我也不舍一春，悄然成长，让自己活成破折号后的文字，蓬勃的青春念想在岁月的车轮上横冲直撞，华彩斑斓。肩挑回忆，里面有欢笑有泪水，人生的轨迹不断前移，其间，一定要花费不少心力，因为远方有梦想，而我要抵达。

时间推进，工作、成家、生子。生命若河，蜿蜒前行，河流之上，竭尽所能让它有歌声落脚，低沉之音、高亢之声，都好，人生怎会全是风顺帆张？她用真诚和温润，为我搭了一架通向梦想的梯子，我用手中的笔，用笔下的文字，去耕耘，去收获，过成自己想要的样子，让日子在潺湲不息的光阴里流水行云。

夜晚，月亮在天上为我点亮，我在书桌前也亮一盏灯，阅读写作，将我的心跳清晰地安放在纸上，用双耳去聆听文字的呼吸声。

于是我的灵魂置身到古镇古道古迹中，置身到山河大地间，那里有白墙、黛瓦、幽巷，有亭台驿站、草树斜阳、遗址残存、文化碎片，有山脊嶙峋起伏、江海奔流不息、平野旷阔无垠……风从远处奔跑而来，裹卷起草木间隐藏的豪情，气吞万里如虎。曾经的吹角连营，烽火无数，曾经的静谧安稳，盛世景年。遥远的从前逶迤而至，脉动和跫音呼应，带着深深的古意抵达当下。而今，云山苍茫，巨浪滔天，能在风云激荡中砥砺前行，承袭开拓进取的基因，身处骎骎日上的新时代中，于我而言，何其所幸。爱的舟楫在时间之海穿梭，水波回荡，像花瓣次第舒展，我用文字描述，它是我最深情的表达方式。

视野收放之间，有古老与现代的相融，有朴素与华丽的碰撞，有柔和与硬朗的遇见。流年光影里，将爱缝进诗行中，让抵达更接近抵达。

旧时岁月

月叩大地，大地敞怀，旧时云烟，旧时物事，奔涌而至。

夜色披散下来，用一弯新月来梳洗，微风细沁，云月朗润，有怀旧的况味。

旧时有什么？有生长的万物，有绵长的诗意，有我们的纪念，我们的季节，有最初的你我和最初的梦。

时光轻如蝉翼，透过清晰的纹路，忆数十年前的光景，青春履痕，苍苔为证。

潜回到那夜，窗外的风正卷着月色，吹进教室，晚自习，很静，静得听得见笔尖划过纸张的声音，奋进，饱满。三十年前的乡镇中学，教室是红砖大瓦房，有电灯，有简单的实验室，有阅览室，有宿舍，有食堂，有操场，学校配置桌凳，算是不错的了。上课下课，规律而机械。学习好不好，因人天赋不一，用功程度不同，所出成效各异，时间长河里，渐渐浅淡了。而有些记忆，像柔软的柳丝，时不时地撩拨思绪，比如在十三四岁的少时，在学习之际积累下的劳动经验最是难忘。

操场是土质地面，西南角画了个圆圈，圆周边就是跑道，圈内长草，操场，草场，倒是形象得很。秋季入学后的第一节劳动课，就是到操场上薅草，那时我们是有劳动课的。杂草经过一个暑假的疯长，比人还高，有的草叶边生着锯齿，稚嫩的手被割得生疼，却不敢声张，怕别人说自己娇气。有同学建议往手上吐唾沫，说大人劳动时就是这样的。泥腥气和着草青气，冲撞、混糅，在空气里酝酿着。草里有蛇有虫。在大动静下，惊蛇如闪电，逃窜一瞬间。蚂蚱慌张，四下蹦跳。蚯蚓翻身，扰了它的清修，不幸被截断的，不知是否还能再生？蚂蚁密集如麻，乱了阵脚。窸窸窣窣下落的草籽，呛鼻。苍耳悄无声息地粘在衣上、发间，随人奔跑，甩都甩不掉，倘若硬拉生拽它，钩刺戳人带来尖锐的痛。

教室东面有一大块空地，学校划分好，分至初二和初三的班级，到初二时，班上有了劳动包干区，有了属于自己的一亩三分地。我们班在最东首，与之紧邻，课间休息就可以到自家的田边溜达。劳动课，它的受欢迎程度和体育课不分伯仲。三个一群，五个一党，说悄悄话，钓虫子，斗蛐蛐，泥土之上有芬芳，有乐趣，有暂放课业的轻松。用小蒜钓的虫子，装在玻璃瓶里，上课偷着玩儿。田间地头，草盛是不可能的，每周的劳动课，只要不下雨，都要下田劳作，杂草只恨自己的生长速度跟不上劳动课的节奏。由于不善管理，豆苗稀疏是真的。

黄豆成熟，秋时收获。挑个晴朗日，齐心协力拔豆秆，摊到空地上暴晒，农户家是用连枷打豆，使其脱落，我们是用脚踩，踩得黄豆都陷到土里了，然后再用手指去抠，想来真是磨洋工。田地整理好，老师让我们从家中带油菜秧苗来栽种，不同人家的秧苗聚到一起，高矮肥瘦都有，倒是生趣得很，就等来年融融暖风里花香四溢了。

春天，鲜亮青嫩。花开之时，有位少年在菜花丛里早读，风过，花瓣纷纷落，衣上沾了晶亮盈盈的黄，耳畔有蜜蜂飞绕。晨曦下，菜花铺排，光芒环身，朝气蓬勃。下课，我们在自家的花园边赶蜂扑蝶，田园风光，尽收眼底，无忧无虑。

时间老去，多年后向往的生活，原来只不过是想回到最初的简单罢了，无纷扰，无相争。

月白风清，衣袂轻飘，仰望，明月如一潭涓涓清泉遥挂天际，旧时岁月定格在往昔。来日方长里，染世已深的心，尽量做到不以物喜、不以己悲，余生，静读人物春秋，静读山长水阔。

烟火蚕豆

歌咏蚕豆的诗句少之又少，许是它太过平凡，埋在烟火气里，占不上风花雪月。像洛神那样的似仙美人，只能隔山隔水地仰望，而寻常女子是适宜娶进门，生儿育女，伺候老小，于烦琐中打发岁月。

春风暖日下的万物，像繁华都市里的白领，个个履历不凡，为占一席之地，争得光彩，使尽浑身解数。而小小的蚕豆能在这番拥挤的天地间，打下自己的江山，凭的是那份浓郁的烟火气吧。

不谈农场规模宏大的蚕豆种植，只说田间地头上的这出小戏。儿时的记忆仿若清风扑面而至，那时家住村东头，学校在村西头，每天要在一条瘦长的路上来回四趟。路是土路，两旁随四季变换，栽种着各色庄稼，靠路边的大多数是蚕豆、黄豆什么的。蚕豆是头年的八九月份下种，隐在泥土里潜心修炼，等到岁末时分，已经吐面露颜了，和寒冬打个擂台，笑傲在春日里。

蚕豆的叶片大，正面向阳呈绿色，背面白色，茎直立。未开花时，盎然绿意、翠玉欲滴。印象中的世间花朵，鲜少有黑色着身，而蚕豆花上的墨点似眼。对它生不出好感，却是一则吓小孩的故事引起的，说是从前某位非常狠心的后妈，虐待继女，遭天谴，让她变成了蚕豆花，花上的黑色就是她的心，小孩不能碰，碰了，她就会变回来折磨你，所以我们一群孩子是不敢摘蚕豆花的。长大想起，是大人怕我们乱摘花儿，影响产量吧。其实蚕豆花是挺好看的，似紫色蝴蝶立在枝丫间，两点墨黑更是衬得它栩栩如生。

它如蚕儿状的豆荚，恰巧在养蚕的季节里风生水起，谱写华章，故唤作蚕豆。大多数植物的果荚饱满成熟后，都垂挂腰身，朝着大地的方向。而蚕豆花落荚果生时，它的姿势却是直立向天的，书写着别样的烟火风情，因此有"空豆"的说法。

记得幼时，家中因为没有空闲的土地多栽种，这种不果腹的豆子晒干后，是祖母用布袋扎好，藏在橱柜里，等到逢年过节，炒上几把，招待来客的美味。当然籽实刚饱满时，更是味鲜诱人，也有那么几次尝鲜的机会。连就翠碧蓬勃的枝干拔起，就着枝干剥豆荚，剥豆荚也是有捷径可寻的，只需一只手，大拇指和中指抵住豆荚内侧上下端，食指扶住豆荚外端，轻轻一撅，色绿如碧珠的蚕豆噼啪弹出，躺在手中，温润如玉，闲适大方。

过了清水的蚕豆，在祖母的葫芦瓢里，清清爽爽，一副身家清白的模样，静静地在土灶上等待。当铁锅被稻草烫得发热，淋上两汤勺菜油，下葱姜炸锅，起香时倒入青蚕豆，加适量盐翻炒至熟，装盘摆桌，香溢满屋。此时的蚕豆似一位青嫩如笋的少年，在人间烟火气里一番打滚，成长得稳健妥当。老熟后的蚕豆，从地头请到晒场，晾晒至干，该是祖父出场的时候了，白天是舍不得做这轻巧活计的，在月亮堂堂的夜晚，祖父手持连枷，啪啪啪地捶打豆荚，那一声声，在晚风吹拂的夜里，响彻四方。

而今我的孩子，已然不把蚕豆当成稀罕物了，无论是做菜还是当零嘴，都无法调度起他神往的表情。身兼母亲和妻子的角色，在为家人衣食住行筹划时，春吃青蚕豆的习惯是坚守下来了，翻着花样做，只为他们也能感受一下我儿时吃蚕豆的喜悦。

然而我内心深处最纯然的吃法，还是清水加盐煮豆，淋几滴芝麻油，这样才能吃出食材最本真的美味。有如在尘世烟火里奔波烦劳，忙到最后，却为一个安定而感动着。

看　晚

都说朝阳欢腾万千，其实临晚的云蒸霞蔚，也是撩拨心弦的。于此，就喜欢夕阳，喜欢行在落日余晖里的缤纷，湎于缤纷灿烂里的成熟美态，那份人到中年以及晚年的沉淀之美。

日渐落的光阴里，在长天大地间款款行，放眼看，草木葱茏上，人间万象上的云天变幻。柔软时，那光彩圈着云朵，云朵在光的宠溺下，娇吟浅笑，有集三千宠爱于一身的傲，又似那个久埋心头的人，只取我这瓢饮的窃喜。汹涌时，那是万錾争流样，那是攻城略地状，是无垠的草原上奔跑的万马腾腾，是无尽的大海中翻滚的涛浪阵阵。无论哪种，都能让有心与它交融的你怔住，立在此刻的你，已身不由己，心胸也随之淡定，随之澎湃，如沉浸剧情的观众，同喜同悲，大彻大悟。

从不觉得傍晚是落寞的、寡欢的、凄切的、下沉的。只晓得它如跋山涉水的人，一路的征程积攒，负重了，找块黑丝毯垫着歇歇，储足精神，续下个路上行。因此，这晚景更能吸引我。

仿佛多年前去晚自习的途中，那个穿白衣的少年骑着自行车，从我身边过，风鼓起他的衣，像湛蓝海面的船只，扬起它的风帆，一鼓作气地航行。尖锐的刹车声，从我的前方穿过风，送进我的耳，是突然的风平，突然的浪静，突然的帆定。撑在车座上的如春笋般清脆的、无尘的、追风的少年，扭过头好似不经意地看我一眼，与我的目光相触，心跳乱了节奏，猝不及防。然后，继续行，了无痕般。这幕定格在经年前的，那个夕阳浓烈的傍晚，霞光四射，灼灼锋芒遮掩不住，衬着如许的年龄。桀骜不驯的，飞扬跋扈的，却又青涩懵懂的，藏进心头的一眼交汇，是隐隐的，痛痛的。任往后怎样的岁月蹉跎，拾起过往，那天的，那刻的，纯美的画面有如好风长吟着，吹皱了心池的一汪春水。

想起西郊园子里成片的花树，从春始，隔段时日就去看，幼芽在我的催盼中，不辜负地嫩嫩地、闪闪地出动，之后成就的叶片，是一发不可收拾，齐开颜共欢唱。随气温升，那花一朵又一朵、一树再一树、一片连一片地不顾一切地盛开。还有那满池的荷花，之前的娇涩不见，是甩开脸了，无边无际的狂放恣意地开着，如此的盛宴，置身其中，紧张了，汗颜了。

一场惊心动魄的花事里，藏着多少危险啊，如人在尘世，你气势夺人，不去积累，不懂修炼，不忌群芳妒，不含蓄内敛。如今你有多灿烂盛大，之后你就会有多低落。要得凄风冷雨的锤炼，雁渡寒潭后的风定落花深，这枯了的，萎了的，老了的，才显风骨，才露气韵。有守得独钓寒江雪的寂静，世间烟云不去争了，随风去，淡然，宁静。

是一天走到的傍晚，是一生走到的中晚年，之前的浮躁、热闹、喧嚣，在云淡风轻中往回收，在日头收敛时过滤掉。收的姿势不夺目，滤的过程不嚣张，是风吹疏竹，竹不留声式的。只留安然清醒，只留坚韧自知，只留饱满朴实。

江淮，准静止锋

天天路过的水果摊儿上，新添了梅，看看天，啊，又到了梅子黄时雨的季节。

这是一场拉锯战。太平洋的暖空气一路跋山涉水来到浩瀚的长江两岸，被眼前的景色迷住了，让它生了别样的心思。而控制江淮流域的冷空气势力还较强，两厢相持不下，此时，江淮，准静止锋，阴雨连绵。

单单“梅雨”二字就令人心驰，觉得诗情画意从字面上就能抵达。

说它是诗词。定是细瘦的梅雨过时，萍风起，轻卷微澜。还有烟草，风絮，梅黄，雨落池塘，处处蛙鸣。这时雾烟如织里楝花飘砌，莺寂燕喧，芭蕉雨打，红瘦绿肥，漏窗景深深几许啊？熟梅，蒂落，在窗前，轻闻细嗅。不远的墙角下，笋成出林，清凉，含蓄，禅意。竹叶上凝结的雨滴似古玉，无瑕透明，竹下仰面，让雨沾眉落眼入掌，湿意浓浓里，心潮软得生起苔藓。池塘里，新荷遭鱼戏，荷茎、荷叶被蹭得浑身痒痒，不停地身姿摇曳，仔细听，那脆笑如银铃，把风也鼓荡得丰盈充实。也不尽然全是雨，雨霁，暑风和里高柳乱蝉，“知——知——”的啸歌中，声线似锯，是嫌这雨季太长，想要锯短它吧？

说它是画卷。展轴细品，似乎随便泼墨几笔，就高远了，就幽深了。古镇飞檐、园林回廊、名湖画舫，浸润在这雨里，处处如画。倘若画村庄，自有朴质之美扑面而至。远山白墙黛瓦，一畦田上，耕牛老农，映帘处，几丝柳随风摇。又或是在芦苇丛密的河边，一叶舟，垂钓者，蓑衣斗笠，野鸭嬉戏，鹭鸶惊飞，水粼天澄，钓者无心。

这些是烟火之外的梅雨。红尘之内的梅雨季里，因为空气湿度很大，百物极易受潮霉腐。梅尧臣说得形象逼真：“三日雨不止，蚯蚓上我堂。湿菌生枯篱，润气醭素裳。”

早年农村家中居住的是茅草屋，土质地面，木头门，围有院墙，内置水井，东栽桂花，西植柿树。逢梅雨季，树下的潮土被蚯蚓拱得虚虚松松的，还有蹦跳乱窜的蛤蟆，惹得猫狗跟着嬉闹，鸭和鹅倒是不管这雨季，依旧每日结伴出游。此时屋子里总弥漫着一股霉味，堂屋里放着祖父用竹子做的衣架，晾满湿答答的衣物，整个雨季里，穿在身上的衣服总是黏黏糊糊的，不脆崩，极不舒服。在没打水井之前，吃水用水更是一大难事，尽管预先挑满水缸，但由于连日阴雨，河水也渐浑浊，所以净水只能尽量省着用。文人的情思在日常生活的辛苦和琐碎面前，被搓揉得如同一块洗旧的布，失了熠熠光彩。农事更是艰难，“良苦吴农天下湿，年年披絮播秧寒。”道尽了插秧时的无数艰辛。如果碰到“梅子黄时日日晴，小溪泛尽却山行”的干黄梅，这时“梅子黄初遍，秧针绿未抽”才是焦急煞人的事情呢。老天的好脾气是对土中刨食的农人最大的恩赐。

今晨返乡，看着门前的绿秧滴翠，细雨里鸟雀起落，那声声鸣叫里分明是换了新韵的。

端午，端午

端午来时，铺排盛繁，场面壮阔。

一路的花艳树翠，一路的虫鸣鸟歌。天地间的所有，仿佛为它的到来，都把自己从头到脚装扮全新。

邻人墙角密密匝匝的蒿草、艾叶使劲蹿着个儿，沟塘里的蒲草剑指蓝天，还有芦叶，宽平的叶片，已经鲜绿晶莹地躺在沿街叫卖的车上，等待和糯米的亲密。直至这个势头，端午时节的到来是锐不可当了。

端午习俗多，比如吃粽子吃五红，比如插艾蒿赛龙舟，比如斗百草。空气里尽是粽香、草木香，鼓声、劈浪声，挥之不尽地充斥角角落落。《红楼梦》里公子小姐们时不时地雅兴所至，弄个赏花会、生日会什么的，于是斗诗斗酒，热闹非凡。一群俏丽的小妾丫鬟也跟着自娱自乐，这个出观音柳，那个亮罗汉松，这个持姐妹花，那个捧夫妻穗，把草儿斗得鲜活明亮起来。

起源传说也多，缅怀为主题的占多数。其实世上的一些人一些事，经过岁月的洗练，约定俗成时，最初的伤感气息已渐被冲淡，随之而衍生出形形色色的活动，却是为节日营造氛围。

端午节里的爱情，却因一杯雄黄酒，起风弄云。法海被咒骂千余年了，劝和不劝离，这棒打鸳鸯的活儿不讨好啊。其实从开始，这场恋爱就谈得不诚实、不真实，相遇的场面过于唯美，如画的风景如花的人儿，雨中借伞，一来二往，郎情妾意，情愫暗生。白娘子是隐着身份来谈恋爱，愣头青许仙无甚遮掩，早被人家政审过了，底亮朝天。白娘子当然不想坦白过去，真道明，是个人都不能接受。也许她早已暗自发狠，纵使过去的生活如一滩淤泥，也要在往后的岁月里开出朵朵莲花。可莲花还未开全，一杯雄黄酒就将它拦腰截断。于是为了维持这段飘飘欲坠的爱情，不管不顾地涂炭生灵，这样的爱情即使得来，殃及无辜太多，内心也不会安宁的。

如果枕边人敬的酒，也要细思量细斟酌，日子过到如履薄冰的份上，这“爱情”还是不要为好，谁知自己的前身是不是修炼成精的蛇什么的，酒后会不会显原形。

过日子，其实该舍弃这样那样的猜忌，天天一个锅灶里吃饭，一张卧榻上就寝，相互防备，绷着神经过，那是架在火上煎熬。默契是只需从对方的一个眼神、一个肢体动作里，也能读出言语无数。

那种惊天地泣鬼神的爱情，就由它放在纸上。寻常人家，如在端午这样的节日里，该是早早备好芦叶裹粽子，趁着清凉的早晨，买来艾蒿、菖蒲，插在门楣上，还可呼朋唤友去观龙舟赛事。如此端午才是人间的端午，实在的端午，值得守候的端午。

漫步初夏的风里，侧耳倾听布谷鸟的吟唱，在阵阵鸣叫声中，于是把那端午盼来，盼来。

夏日闲笔

闲　情

闲情要有闲钱做支撑，我说这话，或许俗了。我没闲钱，所以闲情与我，是那水中月，镜里花，天上云烟，山间云雾，有些不甘。人闲桂花落，人不闲的话，且看那桂花落不落？早出晚归，风来雨去，努力上班，为稻粱谋，忙忙碌碌，碌碌无为，无为做不到，我只做到忙忙，只做到碌碌。还有许多憧憬，可是憧憬成本太高。于是寻那不需闲钱的、成本低的，甚至零成本的。休假日，去乡下，在老屋旁的田地里，种瓜得瓜，种豆得豆，种菜收菜，种花看花。虫鸣草间，宿鸟惊飞，月下翠竹森森。安宁的乡间，剔透灿然，宛若琉璃，映得我内外清澈。如此这般，也算闲情吧。

古　镇

到过一些古镇，物华天宝，人杰地灵，各有千秋。走进，古意盈怀袖，秦汉魏晋，唐宋明清，旧时物事迎面而至。读古镇，读到千山万壑的高邃，读到浩荡江海的辽阔。古往今来，千形万象，有的成了多民族、多宗教、多社会的博物馆，有的是国药的发源地，还有传统手工艺品之乡的……本地的古镇因盐而盛。古镇有百年的、千年的、更久远的，有依山的，有傍水的，还有又依山又傍水的，有重新修缮的，有岌岌可危的。风掀起时间的旌旗，吹过耳畔，猎猎作响。

行　走

世间万物都在行走，只是姿势各有不同。奔腾的骏马，缓步的蜗牛，飞翔的鸟雀，游泳的鱼儿，攀爬的猿猴……流水在行走，往低处流，流水不腐。户枢在行走，门轴常转，才能不蠹。石栏筑水边，倚栏而坐，破晓之云，逐晨色而出，头顶有云，低首有云，云水同步，行云如水。人到中年，游过山，玩过水，跨过江，越过海，走过南，闯过北，串过街，走过巷。人生若戏，粉墨登场要走，桑田沧海也要走。我奢想走笔成文，却又力有不逮。

星　辰

风起山野，夜空晴朗，满天星星，极亮。山中看星，是一天的星，一春的花，星洒银河，璀璨，遥不可及。星空下的山峦，古意悠悠，禅房立山腰，花木幽韵，心生怀古。风卷星落，落到山涧，星随水流，沟壑纵横，一夜的豹隐南山。昼时葳蕤的山，此刻气色淡了，淡出寂静，寂静里生出孤寂，孤寂亿万年，星光不老。许多往事漫上心来，模糊的，清晰的，悲伤的，喜悦的。天地岁月，星辰为伴，怦然心动有之，怦然心碎亦有之。天空上的星辰，属众生，心底的星辰，是一个人的星辰，专属。星隐天白，鸡鸣枕上，夜气方回。

朗　月

月朗星稀，衣胞地的小径两旁，平畴交远风，良苗亦怀新，仰首，看皓月当空。乡下的夜，宁静，寂然。四野有声，虫鸣、蛙叫和着犬吠，此起彼落。四野无声，风清月皎，月在云中行。月下风起，与泥土、与草木、与一轮明月交融，沁人心脾。有人喜夜钓，钓鱼，钓月，钓一身露重，钓一腔热忱。夜宴，有歌有舞有美酒有佳肴，不会喝酒也身染酒气，踏月而归，树木花间缓行几圈，散散气味。尘世行走，俗世心要存，自然心更要永葆。一卷朗月下，抱元守一。

田　居

吾乡，不见山，不见岭，一马平川，四季分明，风调雨顺。站在老屋的院外，田园农舍，历历在目。云天之下，和光同尘。春时，冰雪消融，万物萌发，依地气而生长，欣欣向荣。踏春，食春，春种，春忙。夏际，浓绿如漆，夏有盛气，有盛气好，盛气凌人不好。余霞成绮，炊烟四起，夜幕降临，乘凉闲语话桑麻。秋日，南北有别，南有贵气，北有豪气，我居处的地方，属亚热带和暖温带季风气候，多了暖气。霜草苍苍虫切切，秋曲拨心弦，醰醰有味。冬季，冬的况味，冬的意境，苍莽、萧瑟、枯瘦似古画。雪夜访戴发生在寒冬，乘兴而行，兴尽而返，何必见戴？有些人、有些事就让它埋藏心底吧，不说。就像内敛的冬，缄默无言。四季轮回，拂晓里，庄稼草木清气裹身，澡雪精神倏然至心。

吃瓜记

如今吃瓜，四季皆可，我唯好炎夏之瓜。

这几日进了大伏，烈日高悬，蝉鸣不休，躁意心生，最好吃瓜敛性。

前些日，朋友带了几个开园西瓜，一个有十来斤，品尝了，不错。随后由于阴雨连绵，天地生凉，就将它搁在桌下，忘了吃。天热想起，只见外皮完好，碧如翡翠，剖开一看，已经烂瓤，真是可惜了。现在水果店里瓜的品种很多，是想吃就有得吃，不稀罕也就少了惊喜。

犹记小时吃瓜。家中长的多是菜瓜，既可生吃，亦可煮食或凉拌，香瓜少许，西瓜更是稀罕，许是因田地少，为多打粮食，这些可吃可不吃的，就不浪费耕地了。八岁那年随祖母和父亲去苏州，在住的旅馆里看见别人吃西瓜，想吃，但大人碍于囊中羞涩，终究没有让我解馋，祖母趁人家吃完瓜走后，捡拾了地上的西瓜子包在报纸里，允诺下年长给我吃。

次年长在自留田里的西瓜大丰收。于是有了这样的村野夏晚吃瓜图：深蓝的夜幕上挂着一轮圆月，下面是泼洒了井水的平坦土场，乘凉的人们在临时搭置的竹床上，姿势随意。河风滚过芦苇，卷起星星点灯般的萤火虫送到玩闹的孩子身边。祖母拽起吊在井里冰镇的西瓜，放在案板上，菜刀是早上刚刚磨过的，朗月下刀锋霍霍，刀口刚碰触到瓜面，布帛般的撕裂之声随瓜而落，红汁溢出，黑籽点衬，翠绿外衣的包裹里，红与黑的浓烈色彩撞击着流淌的甘甜。

有年夏，这一说已有三十余年光景了，母亲单位好不容易在化肥仓库旁边腾了两间宿舍出来，房子有些年头，但终归一家四口有了托身之所，屋后是河，门前大片空地上杂草碎石满场，怕蛇，事实上真有，于是全家总动员，薅草、拾砖忙了好几天。记得我的手揪住人高的杂草用力往外拔时，草上的锋芒在划过手掌的刺痛。整理后，门前清爽多了，搬张竹椅，切个香瓜，大姨起早凉送来了满满一箩筐，有绿皮的，有黄皮的，绿的脆香，黄的软糯，无牙的老太太都吃得，所以又叫它“奶奶哼”，形象得很。瓜切两瓣，那个瓤，甜香冲鼻，好吃，“咻”的一声入口，再细细吐出瓜子，随手甩在空地上。

来年春时，地上冒了好些瓜秧，母亲称这些由去年遗落的种子直接爆出，不要下种的苗儿为“庾”的，不知道是不是这个字，查了下，“庾”其中一解为：露天的谷仓。似乎有些她说的意思。这年，累累硕果躲在茂盛如云的藤蔓里，我们吃了一夏的好瓜，还送了一些给大姨和邻居，真应了无心插柳之句了。

方夔食瓜所感的“牙生水”和“骨有风”的快意，是何等的入木三分，淋漓尽致啊，这是空调下吃瓜的人所不能够领略的。

尘世烟火里的梨

前排人家的后屋檐下，栽了五棵梨树，从寒至暑，从春到秋，每天从它们跟前过，熟悉得如自家人。

春日里的片片粉白，衬在迎面的春风里，把它的身份亮得清爽、高洁。让人忍不住仰头再仰头，将雪般洁白剔透的模样狠记脑间，仿佛箍在线轴上的丝线，一圈一圈地在心头缠绕。

然后阵阵轻风，吹得瓣瓣花落。紧后的绿，如瀑倾倒，梨树就这样淹进万绿丛中，难寻踪迹。也就几日的光景，才刚脱了白衫，眨眼间已换绿袍，颗颗绿珠悬挂枝头，只等长大，才为人识。

平常看超市灯光照耀下的水果，虽然色彩鲜明，但身上不知被打了几多层蜡。看标签上的产地，心中一声叹，为它的远渡重洋，一路奔波，期间又和保鲜剂互许了多少时光。鲜少买这样的水果，最多是旅游去远方，吃到当地特有的、好吃的水果，回到家后，到超市寻来品尝对比，反复验证后，得出一个结论：此水果只宜在当地食。所谓瓜熟蒂落，人工催熟的终归逊了几分。

喜欢依时令食果蔬，这是顺自然规律。夏季本地瓜果中当以西瓜、香瓜、梨、桃等为主打，尤其钟爱梨。为躲炎热，早早起床，为家人采购一天的所需食材。这时有更早的菜农果农，拾掇着满车满箩微带晨露的菜蔬瓜果，坐在路边。看到如此的新鲜，惹人驻足。其中占大多数的，要数挑担卖者，往往是些上了年纪的老人，也就是自家门前屋后栽的几棵果树，实在吃不了，挂在树上也浪费，索性换几个打小牌的零钱，乐和乐和。

你看他的或她的篾箩里装着的梨，有黄皮的，有绿皮的，有大有小，更有摘梨时带下的树叶，虽显得不甚齐整，但终究新鲜赢人。没有超市柜台上的列队阵势，光亮照人，却因占着浓烈的平民气息，而与凡尘烟火里的你我相遇。喜欢买这样的梨，还因为卖者脸上的沧桑，总能让人轻易地想起自己的祖父母，油然而生的亲切感，在挑拣梨子的一来二往中得到温习。

若去乡间人家吃梨，更是别有一番滋味。乡下的梨树藏在万物中，不事张扬，或与桃树为邻，或与桑树相伴，过成一副尘世欢喜样，着实让在俗事间挣扎的你我羡慕、嫉妒。

即便时至今日，当下人的防范意识增强，在乡下，日不闭户的现象还是有的，更别说门前屋后随意生长的梨树了。梨悬满枝，脆嫩欲滴，走过的路人随手摘下，衣服上蹭蹭，坐在树荫下，爽爽地吃上一个解渴解馋，也是没人责怪的。如果碰到家中有人，或许还要摘些让你带回，尝尝新。他们的想法很简单，人不吃，虫鸟也帮着吃，反正是吃，谁吃不一样。如今乡下的人口越来越少，围坐梨树下乘凉啃梨唠嗑的乡村图景已是不多见了。

尘世烟火里的梨，身家清白，平凡朴实。因为过于熟悉它的一枝一叶，一花一果，少了初见心中人的轰动怦然，多的是从里至外的亲，像命中注定相随一生的亲人，真实而亲切。

坐在斜阳里

人坐斜阳里，看翠浪吞平野，青山如屏，听近水淙淙流，飞鸟和鸣。静谧悠闲，不需附加，本身已是一幅画，一首诗，一阕词，很意味深远了。

夏时伏天踏浪避暑，在浩阔无垠得没有铺垫的海边，细沙摩挲着脚丫子，痒痒的。古人也有消暑良方，比如李渔，他可以不着衣物，躲在荷叶下纳凉。“荷叶之清香，荷花之异馥；避暑而暑为之退，纳凉而凉逐之生。”青盖亭亭，如伞张开，如果之前恰逢有一场雨战新荷，那声音好似明珠苍璧落玉盘般动听的。雨过天晴，红日西沉，翠叶吹凉，肥硕的叶面上脉络分明，晶莹水珠中滚动着满天余晖，有退思园里菰雨生凉的意思。

有年山游，行到茶园处，歇息茶道上，正逢西斜的太阳在远山近峦的轮廓上染色，刚刚洇了层泛红的底色，我坐等浓烈带来的震撼。“青山欲共高人语，联翩万马来无数。”当年稼轩看到这些器宇轩昂、势脉不断的青山，感慨万千中，应该是他早年疆场跃马扬鞭的生活吧。如果说带露的清晨，是一个人的少年，是一首诗的开头。而此刻我守候的，是人生中值得怀念的色彩，中年仿佛这漫山遍野儒雅的茶树，醇厚得难以描绘。

斜阳里临河的小亭间，不正襟危坐，姿势随意，可抱膝，可倚栏，坐看水上风情，两岸风华，赏景悦心，满足安逸。

船从远处来，水面如扇徐徐展。满舱的石子由南向北，它们来自哪座山？又往何处？是盖房还是铺路？石子不知，岸上的我也不知，但这并不影响世上万物存在的道理。我坐岸上看水上人家，他们又何尝不在看我？船影波光，水拍岸响。落照里有一船队溯流而上，船家们的日常交流里会谈些什么呢？是说家中的良田收成如何？还是牵挂留守老人小孩的安康成长？又或是打算跑完这趟长途后回故里好好歇歇休整一下？船家人的内心也如这翻涌的浪花吧，今晚是夜航还是休息？有太多的事情要倾诉给水听，水会懂的。犹记儿时，一年级的教室借用在一间临河而建的房子里，当时船只稀少，课间偶见行船，“突突突”，是挂桨船哎，惊喜了每双稚眼。从前那些住在夕阳里的船上炊烟，从容得如闲庭信步，不匆不忙。

这个时候春褪芳菲尽了，成排的杨树林，花絮飞扬，是夏木阴阴正可人，架在其高枝的鸟窝，冬时清晰可见，此刻已淹没在郁郁葱茏里，树叶用苍翠将其藏匿保护起来。薄暮里，村妇手里的瓢装满粮食，呼唤着一群叽叽嘎嘎的鸡鸭前来吃食归窝，它们啄上几口粮食，再踱步到草丛间觅虫，倒是懂得荤素搭配、营养均衡啊。一黑一黄两只狗儿也来绕场凑了回热闹，讨得没趣后，对着过往的船只吠叫了一阵，悻悻而去。嘹亮的船笛鸣叫声惊得芦苇间的水鸟倏然飞起，在天际划过数道无形的弧线。如果恰巧有位诗人经过，这些景致应该是可以为他提供灵感的。

天色向晚，日暮碧云合，我坐田埂上，周边是无尽的黄。麦芒尖利，戳痛后背，于是挪挪身子，不疼了。避其锋芒，不失为处理事情的一种方法和智慧。鸟雀声声中，农忙的人们在争分夺秒，天气预报明天有雨，不能不赶啊。静观劳作的人中，年老者居多，青壮年都忙着在城里打拼，土地留给了祖辈。风吹卷着他们的头发衣服，你能说劳动者的乱头粗服不美吗？迎着呈现壮美之态的夕阳，光照闪耀下的是生命最原始最朴实的质感，骨骼峥嵘，粗犷旷达。

半空中，麻雀群飞，声势壮观。扎稻草人驱鸟这样的摆设已经不能够吓唬它们了，用棍子挥舞或吆喝几声的虚张声势，驱逐手段上已经很人性化了。记得小时候生产队的大晒场上，被定为“四害”之一的麻雀，在药物的毒杀下，黑压压的死一地，这是粮食缺少的年代和人抢食的下场。祖母养了十几年的老猫，因误食了没有及时处理的毒麻雀而亡，惹得她数度掉泪。当岁月的眉眼扫过深深浅浅的光阴，停顿在我眼前的鸟雀身上时，它们的本真用自由自在飞翔在丰收的田野上和欢快的鸣叫来表达了。

斜阳中的我，心中藏着一个斜阳。日降西落以惊心动魄的方式赋予了一种大寂静，它慢慢过滤掉艳阳下的层层叠叠，隐进深邃的黑暗里发酵，用积蓄一夜的力量来迎接天青色的破晓之时。

炊烟不老

夕阳在收，炊烟升起，故乡近了。

那里有谁在翘首？是我的村庄，我的血亲至爱。乡关何处？我的，在一囱炊烟里，蓬蓬升起。

自小随父母在外读书，临到寒暑假时，不可收拾的那颗归心总被一缕村庄上空的炊烟牵缠，乡思袅绕，枕畔回荡。

想起暑期向晚，白鹭在深翠里透着琉璃色的夏野上空飞翔，天边晕开的色调如晒了一场的黄玉米样铺开时，落日炊烟衬着蓊郁的漫绿，色彩鲜浓，此时夏晚的天地像巨幅油画，热烈、奔放。我的祖父母用粗糙的双手在田地里耕耘，看他们如此辛劳，我尽量力所能及。比如学做饭菜，最艰难的一步是烧灶膛，一次次的失败，差点把屋子给点了，原来炊烟升起并非易事啊。当他们荷锄而归时，随身携带的竹篮里，总会窝躺着绿似玉样的水瓜，清脆嫩爽，可生吃可凉拌亦可煮汤。

当炊烟散尽，浇泼了井水的屋前晒场上，敛了几分暑气，忙碌了一天的人们终于可以歇息下来，两张长凳上搁一副门板，是纳凉的上好装置。卧其上，执一把蒲扇，扇柄光滑且坚硬，摩挲着扇面上的道道脊纹，它多像岁月犁在人身上的沟壑，浅浅深深里，填充了多少故事。仰望夏空，繁星如眼，闪闪烁烁，河浜上随夜风摆动的芦苇间，场边缠满藤蔓的篱笆上，以及路边杂草，岸上树丛里的流萤，纷飞四起，扑萤的除了孩童外，还有就是满场嬉闹的黄狗花猫。

三十多年前农村的交通还很不发达，因此每到放长假前夕，父母总要留心身边的朋友，打听有无从老家过来的熟人，请人家顺带我与妹妹回去，这种机会很难得。记得我十二岁那年，家中正好有亲戚过来办事，但她的自行车上只能捎带我妹妹一人，我就自告奋勇地骑车随行，好几十里的路程啊，也是初生牛犊不怕虎，不知行路之艰难。

晨时动身，冬天的太阳起得晚，出发时天刚吐白，冬的枯老瘦寒在雾气里像洇在宣纸上的水墨。我们行走的方向是直往南再向西，煦光微起，在我的左半脸颊上缓缓搓揉，将朝气的脸儿上渗出的汗珠照得晶莹剔透。自行车在路上颠颠簸簸，它带我们穿过田野，穿过村庄和集镇，穿行在炊烟初升的大地上。路过的人家，灶台上已在热气腾腾里奉上今朝第一餐，感谢大地母亲用宽厚的胸怀哺育延续代代生命。我终年忙碌的祖母，此刻也会在灶台前，把我思念的故乡煮进香浓的玉米粥，拌入喷香的小菜里的。

近了近了，道道相似的河流，片片相似的树林，条条相似的田塍，还有那张张与我的父老乡亲相似的皱纹和笑容，这么多的相似被我甩向身后。即便说大地之上处处是故乡，而让我心为之沦陷的故乡只有一个，那就是我的衣胞之地。我的受了岁月煎熬的祖父母，得知我们回家的消息，在屋后的小路上向远方眺望了不知多少回，伴随他们的一定还有那只绕在脚边的老猫。

终于到家了，我看见炊烟在祖父母的额纹里游离，那沧桑的褶皱里贮满了密密麻麻的爱。他们把这些爱用晾晒的方式来表达，为了让我们过上一个不寒碜的新年，平常节俭用度，确保在我们归来之时，让屋檐下已有摇摇晃晃的咸肉咸鱼吊挂着。栽种的黏玉米，是解决糯米少，又能吃上年糕的好办法。制作黏玉米糕比糯米糕要烦琐，先要挑拣上好的玉米粒请加工厂的师傅帮忙脱皮，然后泡水至少三天，如果要提高黏度可以延长泡水时间，沥干玉米仁，下一步就是舂成细粉，这是个费时费力的活儿。将闲置了一年的糕箱洗刷干净，此时它要粉墨登场了。燃火烧灶，炊烟在屋顶上空身姿袅袅，屋内井然有序地操作着，装粉，用木尺刮平表面，盖好刻着“吉祥如意”“招财进宝”之类字样的木板，一个倒扣，一切就绪后等水沸腾上蒸笼，雾气氤氲里，一块块带着玉米清甜香气的年糕，安安稳稳地站在年前的忙碌里眺望着团圆喜庆的来临。

荡气回肠的炊烟在祖辈的皱纹里老去，也会在襁褓的啼哭声中迎新。

少时庭院

大概每个人的心中都有座庭院吧？我的，在少时，一个在青草上静息的晨露般晶莹的年华。

家中旧庭院，尽管院墙简陋，倒也用几片老瓦做了镂空花型嵌在上面增加美感，朴拙不华丽，用坦诚和真挚在静谧的乡村迎接着每个朝霞的艳放，每个黄昏的燃烧。院墙不高，少了森然之威，不厚，减了沉重之感。只有暖心的人情味和着跳跃的阳光铺洒在上面，让优哉游哉的一行蚂蚁紧贴着墙根儿吮吸着泥土赋予的芬芳。

为了证明时光来过我家的围墙，春天，母亲在墙边点下种子。春风来了，它用柔软来催化，夏雨来了，它用甜蜜来灌溉。埋在土里的种子像被鸡鸣声啄破的黎明，呼啦一下，颗颗绿脑袋如初升的朝阳，腾腾冒出来了。几根竹竿顺次倚在墙边，丝瓜有了助力，缠绕上行，用黄灿的花朵呼唤着蜜蜂蝴蝶，看它们蹁跹，躲在深处的虫子实在是忍不住了，也弹奏起丝弦来和舞蹈，溢彩流光下一派歌舞升平。青绿的生命一路蔓延到夏天，垂挂的丝瓜是对母亲辛劳的交卷，我总认为它的前世定是位没有脂粉气的乡间少女，你瞧它，身姿纤细，柔曼多姿，只着一身新荷般的纯然亮相。藤蔓密布的院墙，在我青细柔长的岁月上开花结果。

墙内，一口水井，一盘石磨，几棵果树，几方菜畦……

幽深的水井分明是祖父深陷的眼窝，洞察世事，阅尽沧桑。我家的这口水井是农庄线上最早挖掘的，邻人共用，这些来自地层深处的水，以澄明之境，以无私之爱，哺育着大地上的儿女。深邃的井，听过张家长李家短的邻里家常，听过许家妹子和陈家小子的曲折爱情……苔藓幽幽的青砖壁上蕴藏着满腹的故事，厚厚的青苔胀得像个临盆的产妇，一定要找个聆听者倾诉心事，找谁呢？哦，只有井中的青蛙了。沉稳如山的水井像一位静悟的诗人，白天留心在它上空飘移的云朵，夜晚细数夜幕上闪烁的星星。宛如镰刀般清瘦得盈盈一握的新月，不惊天不扰地，悄无声息地住了进来，是来和它进行心灵交流的，不信你来看，泠泠的水面上已经缀满诗句。

那盘石磨是母亲泛黄且丢不掉的沉甸甸老光阴，她临产前一晚还在石磨上磨粮，母体里的生命，也在感知轻盈如雪的面粉，是从撮进磨盘的粮食里受圈圈碾压后的升华吧？有些斑驳的土灶因为有了石磨的苦难而充满了人间烟火气。两块磨盘的上下契合，撑天罩地般坚韧相守，让铭心刻骨的日子在一盘老石磨上镌刻永恒。

见证岁月的还有深扎泥土的树木，拥抱泥土的菜蔬。桂花树专职四季常绿，在秋季更要负责满庭芬芳，还有春华秋实的桃、梨、柿。春时梨花、桃花的云蒸霞蔚，整个院落“扑通”一声，掉进色彩浓烈的颜料桶中，这桶里自然少不得墙角边菜花的助阵，红白黄的色彩鲜明中，艳得春姑娘眉飞色舞。

谈了一路恋爱的归燕，正忙着装修旧巢，谁都知道再美的爱情一旦步入婚姻的殿堂，就会变得现实起来。一处遮风避雨之所是最基本的生活保障，自然界的万物基本上都通晓这个理儿，也有例外，比如鸠占鹊巢这事还是有人干的。我家檐下的燕子非常勤劳，一垒燕巢在无数次的飞奔中圆满完工。不知几时，一拳马蜂窝像违章建筑样偷偷吊在树上，因为害怕其蜇人，想尽计策拆了它，那是多年前的事情，农药过量使用的今朝，想要它们来搭个蜂窝，都是奢侈的想法了。

墙外，靠墙角搭建的老黄狗的窝棚，朝阳，门前常年若市般的热闹。跪乳后的羊羔蹦跳着来到紧邻门前，咩咩声中夹杂几声汪汪之音，算是打招呼了。饱食后的母鸡们，散步至此，时不时进窝去串串门，叽喳几声，然后沿着墙角边，翻虫找石子，健壮自己的嗉囊，或找块稀松的土，扒拉个坑窝在里面打个盹儿再洗个日光沙土浴，那个惬意劲儿，是如今养鸡场内纯人工饲养的鸡们，一生都经历不到的美事。还有圈围的小鸡雏，在煦阳下，黄绒绒的团在一起嬉闹、游戏，也有三两个闲适在旁，轻啄切碎的青草韭菜末。它们的童年是满架花香流泻的篱笆，繁花锦簇里的香气一路逶迤至羽毛的自如舒展和收起，在露珠丛密的乡村大地上它们与自然相守至终。

我惦记着每个爬坐墙头的日子，在少时，在简陋的庭院上。等花草苏醒，等鸟雀歌唱，等冰河融化，等苍劲树木为年轮加圈，等纯净云朵从头顶飞过，看光阴之手一茬一茬丈量岁月的痕迹。

白云生处有人家

此时的云朵，高吊在湛蓝的天幕上，那么静，那么远，仰望不息。眼里只剩两种颜色，一种是白，一种是蓝。

长假里没赶着去看人山人海，只随友人去她的乡下老家。几日的清静闲暇，像一张筛子，筛去杂质，筛了烦恼。十月的秋，在四季里，恰似人到中年，已褪青涩，离苍老还有些距离，正是人生好光景。

不肯浪费这不热不寒的清晨。只因那后窗外竹叶的簌簌声，树枝间此起彼落的鸟鸣声，圈中猪羊的叫喊声，把金秋的乡晨早早唤醒。

于是拿个竹编的淘米篮，带着黄豆去豆腐坊换豆腐百叶，让还冒着热气的豆腐百叶安妥地躺在篮中。刚出锅的百叶打个卷蘸上自制的黄豆酱，咬上一大口，那质朴的香气从舌尖直往脑门儿上蹿，是打也打不丢口的呀。回来拍个蒜做凉拌豆腐，切上姜烫个干丝，再来盘脆嫩的腌瓜子，呼啦啦地喝上一大海碗热气腾腾的玉米面粥，由喉入胃一路顺畅，随后额头也密密地覆了层细汗，怎个“爽”字了得啊！

餐后的时光，我们到村里走走，阳光很好，空气很好，庄稼很好，还有很好的农家人。正逢收获季节，人们忙碌的身影，也是在给自己的辛劳交份满意的答卷吧。

看田间地头劳作的人，年老者居多，乡间的青壮年大多往城里涌去了，如今农村几乎是老人和孩子的天下。

坐在南北朝向的田埂上和他们唠起家常。田埂东面是黄奶奶家的，他们老两口带着孙子正忙着收割黄豆，小孙子刚上幼儿园，顽皮得紧，搁在家中不放心，索性就带到田地里，任随孩子玩耍，也好有个照应。儿子儿媳在外打工，节假日也没回，说是多挣几个钱，过年回家团圆。说这些话时，正值一阵秋风拂过，黄奶奶捋在耳后的花白头发猛地在她脸上的皱纹里打了个趔趄，瞬间让她苍老了许多。留守老人和孩子，成了农村广阔天地的主力军，教育上出现的断层，“空巢老人”越来越多，诸如种种，都是不容忽视和回避的现实问题，如何解决？理当深思。

田埂西面是许大爷家的，满田的棉花开得白花花、暖洋洋的，正与此刻蓝天上高挂的云朵试比高呢。许家姑娘女婿这几天趁女儿小可放假，先赶到这边帮两天忙，接着还要回小可爷爷奶奶家忙活。小可在市里的重点高中读书，为了孩子，他们在学校旁边租了房子陪读，妈妈在离校不远的工厂打工，爸爸做装修工作。小可很懂事，学习一直名列前茅。知识改变命运的信念，于淳朴的乡人心中一直未曾动摇过。

谈谈扯扯到了中午，没架得住许奶奶的热情好客，就在许家吃的午饭。都是从田间刚摘回的新鲜蔬菜，绿油油的韭菜、青菜、芹菜、丝瓜……指甲一掐满手绿汁，黄灿灿的南瓜、红彤彤的山芋、紫亮亮的扁豆，躺在碗中煞是好看，盘中香飘四溢的菜籽油炒草鸡蛋，吃得满嘴留香，不肯丢筷。

饭后稍事休息，我们偕小可一起划小船去采菱角，看着小可青春亮丽的面庞，如此的流光溢彩，把我们也拉回了那个蓬勃飞扬的年华。手溅入水中时，已感凉意，到底是入了秋。许家河塘里长的是四角红菱，翻开菱叶，红艳艳的菱角团团簇簇，嬉闹成一片。此时的蓝天白云，碧水红菱，河堤边舞姿动人的芦花，岸上层浪翻滚的稻田，还有远处青瓦白墙的人家，描绘了怎样一幅色彩斑斓的秋景图啊。

暮色渐临，有农人归家，有炊烟升起，有鸟雀返巢。夜色四合里，村庄里的几声犬吠把静谧衬得更深更浓。

遥想多年后的某天，无论我是踏着晨曦而至，还是踩着晚霞归来。多愿看到沃土上依然有着寒耕热耘的人们，白云生处依旧有着热情好客的人家。

冬闲

从前的冬是寒的，是闲的。

麦子播种之前的秋收忙碌，仿佛被黏在瓦片、柴火堆、犁耙上的霜粒儿摁熄了样，风里灌注了冷气，树叶落，草茎枯，虫鸣止。满天满野地空旷起来，裸露的泥土，就如逆风而行的姑娘，动人的曲线一下子露在人前，又羞涩又自豪。经过勤劳农人精心打磨的膏土，光鲜如缎，麦种欢快地跳进它的怀抱，安静地等待着。“麦一种，手一拱。”日子过得散淡起来。

几场洁净冷冽的冬风荡过无数叶片，树收声敛笑，一改往日的喧嚣，变得光秃精瘦老沉起来。就像场上坐在竹篾儿、苇篾儿旁的何大爷，老僧入定般，农事闲暇的冬季，他布满老茧的粗糙大手，灵巧地编织着来年家中所用物什，小至淘米篮、针线箩、畚箕，大到竹席、箩筐，还有长长的囤粮用的苇折子，越长越好，这是为丰年准备的。何奶奶的箩筐里装着僵瓣棉，那些都是开败了的，拾掇拾掇或许还能派上用场，如此冬闲时日里，剥着棉花，也是在剥时光吧。

这样的时光里，我的舅舅正当壮年，面容俊朗，精神气足，掮一杆土铳，邀上三两汉子，去他东迁的老丈人家打野，那里滩涂平阔，树林密布。物资缺乏的年月里，冬季里盼舅舅来家中，是吊在心头的一丝甜蜜，直至看到水马凳上整理野味的母亲时才心石落定，随着母亲手中濯洗的动作幅度，圈圈涟漪直往河心漾去。

河畔上枯黄的芦苇已经被请上岸，残叶落在静清的河面，才疑水浅，就见叶动，那是鱼儿散会了，这一动，被水怀抱着的云儿也荡悠起来，直荡到田地里。白云俯瞰冬野上的零星绿意，那是青菜、山芋、萝卜的绿叶执着地在寒风中欢愉成长。这时大婶们有活儿了，竖起耳朵，听清广播里的天气预报，选晴朗之日，挖掘，清洗，晾晒，腌渍，忙得不亦乐乎。晨时，门前晒场热闹起来，木架子上平铺着芦苇帘子，大竹篮里放满沥水的萝卜，白嫩晶莹，以至于后来学到“出淤泥而不染”这句时，忽然就想到它。萝卜在砧板和巧妇的手中几个翻滚，脆生欲滴的月牙状萝卜片生成，仿佛是湛蓝天边初生的月儿，幽静且有远意，白闪闪地亮了一场，多像天上撒下的雪花呀。

说到雪，是片片透明的白呀。午前天空开始泛惨白样，午后混浊起来，暮色裹卷着风而至，风又挟夹着雪霰，飘飘洒洒。鸡鸭鹅被早早赶进窝棚，孩子们闹腾起来，初雪，盼了一年的初雪，还不尽情撒野？躲在檐下的麻雀也叽喳个不停，伏在门边的白猫黑狗，甩了定性，围着孩童的腿脚追逐嘶吠。大人们看看天色，估算着这一夜铺盖下来雪的厚度，阔墨粗笔的一场大雪，是庄稼人的福音，农谚里的“瑞雪兆丰年”说的是冬雪，冬雪好啊，春雪就不好了，是要烂麦根的，靠天吃饭，即便放到科技如是发达的当下，也是不可推翻的老理。翌日推门看，天地银白，清雅雍容，雪霁天晴朗，雪覆盖的疏阔辽远的村庄原野，渐渐融在冬阳下。

日头是斜的，它也偷起懒了，起得晚，睡得早，即便这样，冬日里因为有它，也能在寒冷上笼罩层浅浅的温暖光环。坐在这样的光圈绒绒里，纺线的老婆婆、纳鞋底的小媳妇儿、打毛线的大姑娘、转风车的孩童，嬉闹间，把整个冬天都惹笑了。

携着笑声进入腊月，开始忙年，货郎穿梭下的村庄添了过节的喜庆。有收冬羊的，车后绳篓里白羊叫声惨烈，撕人心肺，这个不太招人喜。而招妇女儿童待见的是糖货担，一搁下担子，就被层层包围，密不透风，用塑料纸换糖吃的红丫头，又招了多少馋巴巴的歆羡目光。货担子是木制的方格子，摞叠而放，每个格子可以上下串调，格子面上装有可推拉的玻璃，你看中哪件物品，货郎就推开玻璃拿给你，那些小格子在孩子眼里，简直是个八宝箱。至今依然清晰记得刻在木头上的图案，两边担子，一边是虫鸟鱼兽，一边是十二月花，根据月份轮换，这个时节放在最上头的该是梅花，如此格调，我总怀疑货郎是位诗人。

是啊，“风在水上写诗，云在天空写诗。”我的村庄的闲暇在冬季写诗，写了无数个圆满，一直写到枝丫上裹着春的芽苞上。

打春了，闲是捂也捂不住的了。

第五辑

百草回芽

B A I　C A O　H U I　Y A

百草回芽

立春一过，春风蹭醒大地，枝枝芽芽蠢蠢欲动起来。

这个时候，是要出去走走的。先去的海边，无垠广阔，即便是打了春，它的风依然凛冽。或许你会以为，海边的植物会屈服在这样的咄咄逼人中吧，它们不会的，因为有侵肌裂骨的冬风做底子，还有轻灵娟然的春风在招手，它们会翩翩而至，然后如涨潮般浪浪高迭，汹涌澎湃。

昔日的滩涂经过时间的打磨，已是膏畴满野。麦田舒展开了，新绿一天厚似一天，过得肥润富足起来，它们在春天里眺望着收获。旧海堤两边枝干虬结的老槐树们，在迎接春雷的呼唤，春雨的灌溉，春风的亲吻。新芽皴裂开黝黑的树皮，芽苞就像放学的学子，挤挤挨挨地涌向春的怀抱，这个怀抱是软的，是腻的，容易让人沉溺其中，一发不可收拾，直到压雪般的槐花一路猛击而来。大片的油菜田，被春撬开惺忪的睡眼，相互鼓着劲，齐步正走，敲打着春天。因为平阔，因为广袤，这里的植物回春，有着天山上万千骏马奔腾而下的气势，如暴云铺天，如狂风卷地。

离开海边，走进村庄环绕的地带，走进人烟密集的城镇，这里的百草回芽又有怎样的动容之处？

从前就读的小学虽已无琅琅读书之声，但房子还在。遍布的植物依然如期而至，建筑的用途与它们关系不大，它们只随四季更迭，只随风霜雪雨。

靠旁有一方废弃的池塘，站立着丛丛枯黄的芦苇，顶部芦花飘逸。吟咏数千年的“蒹葭苍苍，白露为霜。所谓伊人，在水一方”，怎么就能将蕴含乡野气息的芦苇，摇身变为诗意盎然的蒹葭，还包裹了一个爱情故事放进《诗经》，想来浪漫之情是自古就有啊。记忆中的枯老芦苇，每到冬日，家家都忙着砍伐，用处多了去了，如今，越来越便捷的生活，使得芦苇快要退出农家的日常了。从枯干间爆青，和从芦根处生芽，两种方式的复活，我更喜欢的是后者。

祖母的天地里更是喋喋不休。河畔上扫帚菜的种子在泥土里感受着春，某天下河，不经意间的一瞥，那抹抹嫩绿就覆盖进心头，轻盈盈的初绿，直往心尖儿上蹿跳。每年扫帚菜长到蓬勃之时，母亲都要把它们撅下来当菜吃，或凉拌，或热炒，还可做春卷、包子、饺子馅，是绝好的美味。

紫苏刚来落户时，是当作观赏植物的，紫溜溜的，煞是好看，其实它还可食用和药用。初来乍到的紫苏，也被当地的土著植物欺负哦，有一年，原来的生长之地上不见了它的踪影，正纳闷着呢，哪知它们已经在别的地方建立了自己新的根据地，原来江山是要靠己之力拼下啊，将人比植物，实在是恰当。

村中老人说，人活着不如一枝蒿，是叹人生之短暂，要珍惜在世间的每寸光阴。回头看蒿草，我认为它是坚韧的，不管经历怎样的痛苦，它都是在隐忍。秋日所结密匝匝的籽实，潜伏在泥土里，就等春风的战鼓擂响，锣鼓通天时，它们聚集全力，来势凶猛，杀出自己的阵地，为春天助威。

移步城镇，一样有惊喜，有惊叹。垂柳环绕的河堤，随风摇曳的柳条儿，芽苞如星洒般，多，繁多。看似枯竭纠结的紫藤花干，哪禁得起春天如此这般的轻言软语，瞬间举手投降，把一件件深藏的心事倾其吐出，数日的絮絮叨叨，已然枝叶满目，聒噪得很哪。再是那紫薇，一冬的洗礼，在千般柔情的春风春雨的轻抚之下，不多时，出落得亭亭玉立、楚楚动人。还有合欢树、广玉兰、红叶李、月季……都还在，还在啊。春的盛宴上，它们再次吐新蕊、展新姿，把春天叫响。

大地萌动，百草回芽，起伏跌宕的春天，不辞劳苦地在四季轮转中尽心尽力展示着自己贮藏的生命力，烘托出了又一个如诗如画的春天。

二月二，春年少

遵循雨水节气的特征，一连下了数天的雨，这是为惊蛰做铺垫。

俗语说："二月二，龙抬头，大家小户使耕牛。"于是惊蛰前后的二月二甚为隆重，阳气回升，春耕将始。在处处体现机械化作业的今天，像九九歌里的"九九加一九，耕牛遍地走"的牛耕景象，只能在图片里寻见了。但"五九六九，沿河看柳；七九河开，八九燕来"这样一幅由浅渐浓的春色美图依然会如期相会的。

严冬里把身子收紧的大地，在细绵烟雨的轻抚下，再怎么坚硬的心也会被融了的吧？柔软了的天地，像祖母那个摩挲了数度光阴的青花瓷碗里，汪着的水嫩诱人的荷包蛋，光看着就心生欢喜。

是喜欢呀，喜欢得这些日子光顾着做那槛外看春的人了。

这时的春天是初进门的新媳妇，提着小心端上的第一桌饭菜，褪去娘家时的大大咧咧，敛着性子，揣着初来乍到的羞涩，把一个新鲜璀璨的春天捧到众人面前。

春雷隐隐地在池塘边响起，它是领头队长嘴里的口令声，是晨时公鸡的打鸣声，叫醒眠了一冬的百虫，喊来归北的燕子，还有大地上的万千植物。

看着二月二里走近我的少年之春，真是年轻啊。忽然就想到我的少时年华，也是这样鲜嫩欲滴，似乎一掐，湿润就猛然渗进指甲缝里，甩都甩不尽。是啊，十几岁时，挂着满脸的青涩，在如是春日，蹲在门前河边上，看春水浸春云的水天一色。用柴棒逗玩清澈见底的水里一天到晚游泳的鱼儿、水草里欢腾蹦跳的虾儿、拨开吸附力极强的田螺。在河滨上翻翻旧年的枯草中，有无新出的茅针，或者好运气地掏出一窝野鸭蛋。挑开松软的泥土里，躬身而出的蚯蚓，挖出被吓得四处乱窜的蚂蚁，它们也会恼我的顽皮吧。啼鸟在林间欢鸣，呼唤着我，迎接着我。田间地头随处落脚的野荠菜，开着细小的白花在溶溶月色下发出碎银似的光亮，躲闪得如初动情愫的少女之心。

早春该是一位羽扇纶巾、雄姿英发的翩翩少年，有满腔的热诚，满腹的经纶，就像枝上的芽头、花蕾，在二月二的气息里蓄势待发。

就沿河散步看看，是风迟日媚烟光好啊。青嫩水绿的年少春天一下子就矗立眼前了。姿态各异的柳树，绕堤而立，满枝将开未开的柳眼，像上古时期结绳记事绳上的串串事件，密密麻麻。穿插其间的迎春花，那是落在地上的星星吗？春意轻浅的二月，花的宴席上，它是绝对的主角。

如果能有马蹄踏遍春郊绿的恣肆飞扬，当然更好。那样我就把整个身心抛向大地，感受二月的春天，还是少年时候的春天，看它的青春绽放，看它的活力四射，看它的每步成长，就像看自己的孩子一样，心中会有如水沸腾般的欢欣喜悦。

见山喜山见水喜水的二月春，百花次第开放，击鼓传话般，一刻也不肯耽搁。就像忙于农耕的人们，早已下田劳作，春光归去是如何也挽留不住的呀，你说怎么舍得辜负这一年之计的春啊！还是正当年少的春啊！

桃花枝头春明媚

大片的粉红色向眼睛撞过来，被色彩里的浓情猛然笼罩，猝不及防，呆住了，震撼住了。

如此热烈，我只能在目光里倾注爱意来回应，只能将轻缓的脚步融进缤纷，只能任由它牵惹我的心湖，心乱了，乱了就乱了罢，春风里言笑晏晏的桃花，我又能拿它怎么办？

春分前几天，在古镇安丰，看了一棚又一棚的桃花。丽日明媚，春风骀荡。大棚撩起衣襟，让风来往，呼吸着春光，捧接节令，次第铺展，一场桃花盛事，像层层高涨的江水，收拢不住的。

这些年我与桃花的约会，总也未能遂愿，不是去早，就是来晚，留了遗憾。当然，此时我所处的纬度，露天的桃花应该还藏在料峭的春风里。这次去看的是大棚种植的桃树，正是花开美丽时，是桃花里的早市，绚烂得好似一篇铺锦列绣的文章。桃花已将自己梳妆打扮得妙不可言了，脸颊红润，香气清新，生机蓬勃，踩着时间的鼓点，朝着丰沛的春色奔去。

棚内的桃树整齐划一，树不怎么像树，一根树桩上该有多少枝，开多少花，也许都要在人为的计算下很精确，这会让人觉得桃树失了灵性。喜欢“竹外桃花三两枝”的人，对此不一定会赏心，因为寥寥数枝，才显孤傲和疏离之美。如果搁几年前，“三两枝”也是我的心头所好，如今的我，随着生命长度和宽度的延伸，目光的迈进，会为自然美惊呼，也会为人工美赞叹。想想也是啊，一根木头、一块玉石、一颗核桃、一张宣纸……在上面雕刻、作画、写字，人工的痕迹倒让这些寻常物鲜活起来。那庄稼、果蔬若能得到科学的种植，实现稳产高产，即便多了人为的因素，亦是可喜的事。

都说“红杏枝头春意闹”，我看桃花不比它弱，甚至是有过之而无不及。只要一开放，就像失灵的刹车，拦不住的。不信你看，满棚的桃花，排山倒海般，已经艳得不像话了，都站在枝头闹腾呢。为提高坐果率，忙碌的果农正拿着鸡毛掸子授粉。一只蜜蜂前来探究竟，被眼前的盛开怔住了，嗡嗡嗡地在花间盘旋，任重道远啊。

棚外还有大片的露天桃园，暂时隐山藏水。与棚内的生长方式略有不同，少了大棚这层外衣，与天地直接相通。白云在头顶歇息，雨水滚过树枝，鸟儿衔来一首歌谣与其分享，阳光照射下躯干表达流畅。时间启动了沉默，一树树即将显声动色，渐开渐明，桃花表情纯净地把自己仔细镶在枝上，花韵别致，让人目不暇接。生命有张力，时序有推移，舍南舍北，庄前庄后，花似锦，翠柳摇，春色盈盈。

桃花衬情事。在花朵里，在花影下，只一低眉垂首，那个人便涌上心头，光阴寂静，清澈无比。“去年今日此门中，人面桃花相映红。人面不知何处去，桃花依旧笑春风。”说没说上话，见没见着面，都不重要了，心底留存念想，挺好的。

一朵桃花熟悉春风的温度，它纤毫毕现地描绘着春天，用绽放点燃春风，明亮的红越过千山万水，笑容在春天的脸上鲜艳铺开。

桃花编织梦想缀满枝头，亮闪在春风里。它用如火如荼来造势，在为收获造势。丰收在望啊，这是一个催人奋进的词，从泥土出发的故事，终究要比朴实的泥土来得更加精彩纷呈，这是大地的情怀。

一畦春韭绿

春天的餐桌上，头刀韭入盘，盘白韭绿，玉碧如莹，翠得仿佛少年。

但凡写韭菜的文章，十有八九会引用到老杜的“夜雨剪春韭”，其诗字面清新，意境融彻，“剪”字更是动人。春韭喜食，夜雨也爱听。然，夜雨下地割韭，定会弄得手脚泥泞，破坏画面美，还是选个无雨之日吧。

割韭菜的工具简洁明了，一刀一篮足矣。锄柄包浆温润沉稳，锋利刀刃划过春韭身，汁液轻溢。

想吃头刀韭，勿去超市，那里没有，早晨或傍晚时沿小巷里、街边上寻寻。清明前后毛茸茸的头刀韭拱开地表，根红叶绿，短矮蓬杂，横冲直撞的模样有如初生牛犊。它们裹着春天的清香，不藏心事地躺在卖韭的老头儿老太太的竹筐里，些会儿的工夫，筐子就空了，韭嫩人老，车水马龙，好一幅白描素材。

春韭是带着清气的，干净透明，是的，眉清目秀，不染尘埃。就像汪曾祺笔下的明子和小英子，少男少女并肩坐在石磙子上，听青蛙打鼓，听寒蛇唱歌，看萤火虫，看流星，洁清如云，诗般唯美。

门前的露天春韭，直起身子，远眺大棚里日日无休、常年仗剑走天涯的同门师兄妹，露出怜悯神色。露天的，它们依循春生夏长，秋收冬藏的自然规律，枯萎之后开始苦练内功，一冬埋首修行，只等来年笑傲江湖。世间万物，过度透支，即便换来所谓的耀眼荣光，都是值得商榷的，休养生息古来有之，不可懈怠。

席间，大荤之际，点一盘春韭炒百叶，寻常人家的朴素，顿时盘空。韭菜炒鸡蛋，好似金镶玉，镶的是碧翠莹莹的绿玉，富贵里透着清亮，有贵胄之家优雅公子的气质。暖融花开的春天，螺蛳肥嫩，一道爆炒韭菜螺蛳头，齿颊鲜香跳跃，如春雨淅淅沥沥打落春泥，欢腾且温情。韭菜炒藕丝，韭菜炒虾仁，韭菜炒蚬子，哪怕就是韭菜炒韭菜，家常小炒中也有家长里短的世俗人间气。韭菜炒青椒很有意思，绿与绿的相遇，像两女子撞衫，以为势不两立，谁知却是相得益彰。韭菜豆腐汤，家世清白。我的朋友小玲做得一手好菜，满桌珍馐，让人垂涎，尤其她的手工饺子做得好，吃她做的韭菜饺子，你会觉得她是用韭菜、鲜肉、文蛤、木耳、鸡蛋等各种食材，在你的唇齿间讲述一个又一个相融相和的故事，夜里九点多，给我发微信，告诉我她正在城东家中包饺子，我披星戴月从城里赶去吃过。

少时读书，没有家长接送，都是自己走路来回，要路过许多人家的门前，韭菜炒肉丝是嵌在味蕾的深刻记忆。中午放学，人家土灶台上的被柴火烧得滚烫的铁锅里，正弹跳着肥瘦相间的肉丝，淋酱油起色，八九成熟时倒进韭菜段加盐快速翻炒。那个香味嚣张得很，肆无忌惮地跑出门外，跑到路上，香飘数里，馋得我们一群饥肠辘辘的放学娃情不自禁地吞咽着唾液，想来这户人家会因此道菜，午餐每人多食一碗饭吧。好多年吃不到从前的韭香了，是味蕾变了？还是韭菜的品质变了？最怕是人的心性变了。

杨凝式昼寝乍起，腹中甚饥时，蒙友人相赠韭花，是瞌睡送枕，来得正当时，为此，以表谢意，写了《韭花帖》。这是杨氏情怀，把生活的肌理和质地书法出来，天下少有。汪曾祺撰文：“韭菜花这样虽说极平常，但极有味的东西，是应该出现在文学作品里的。”夏秋时的韭花不曾吃过，想试试。

上年赶在“晚来天欲雪，能饮一杯无”之前的深秋，暮色下田，割完最后一刀韭，还是那把锄刀，割了三季的韭，也割了三季的流光。晚饭，熬锅白粥，爆炒秋韭，绿白两色，似白云映青山，一幅画就平铺开来了，笔墨静穆，如古城霜天。今晚的末韭，将随凉月藏匿于万物俱静的苍茫冬天，想吃露天韭，要等来年。

梨花风起正清明，我家的春韭可割头刀了，提篮行，刀刀割绿，顷刻，篮内春意正盛，篮外暖风拂面。

与时间共生的树

芒种的节气里来看一棵树，一棵有了些年头的古树。

午后，我们一行四人驱车前往，虽说是在本地的古镇安丰境内，但为了找寻到它，倒是问询了不少人。有位热心的大婶在得知自己指引的那条路上的桥在拆建，还追着我们的车子，重新指了另一条道路。

还好走的村道都是水泥路面，在几次走错时，碰到倒车、拐弯，都能很顺畅地通过。车轮的滚进在缩短我们与树的距离，隔着人家的房屋，只见远处一团绿云横铺。

俗语说“芒种芒种，连收带种”。当我们站在这片仲夏的大地上，此时田间已麦收地净，新种入泥，裸露的胸怀，空旷的四野，将这棵树衬得更显目。站在路边看它，绿荫泼地，只见枝叶，不见树干。

地球上年代久远的树木多了去了，深山老林里尤甚，一比较，这棵即便是过了百年的树木，还真算不上什么。可当你了解到它生长的土地有多年轻时，你会被收录进这棵树年轮里的寒来暑往所感动的。要知道公元 1024 年的范仲淹还在这里主持修建长达 290 千米的捍海堰，后为纪念称其为范公堤，这棵树长在堤东。星移斗转，日升月落，海岸逐渐东移，自成陆地，这棵古树根植的地方，沧海已变桑田，这么一想，被时间调制得蓊郁葱茏的树，倒是有些看头的了。

关于树的起源说是这样的，最初并无树，而是先有座很大的土地庙，后由于一些历史原因，被拆除。至于树是人工栽植的，还是风吹来或是鸟儿衔来的种子，已无证可考。后来树越长越大，前些年还有贩卖树木的人动它的心思，立即有村民站出来反对。古树是绿色“活文物”，它见证了村里的风雨变迁，是悠久历史的特殊象征，人们对这棵古树有着深厚的感情，也是在外游子的一抹绿色乡愁。

目前这棵树的树种和树龄还未定，村民叫它“狗骨树”。查了一下，只有河南省杞县的一棵狗脊骨树，跟它有些相似，但是图片看不真切。如果是狗脊骨树，那可真是珍稀了。世界上仅发现的两棵狗脊骨树，一棵在中国，一棵在加拿大。加拿大的那棵，因大雪压断全部树枝，现已枯死。涉及专业领域，不敢妄谈。至于它的树龄，据当地有位村民介绍，她有位生于130多年前的曾祖母，听老人家生前说过她自己小时候就和伙伴们爬树玩耍。也许在一棵树的眼里，名字和岁数确定也好，未定也罢，与它来说并不重要，反正历史的脚步在它身上已走过上百年了，俯瞰世间，所谓的功名利禄，不过如过眼云烟。

虽说没有名人手植的支撑，没有历史故事的傍身，没有狐仙老怪的附载，就连它的树名和树龄都说不上具体。可这些并不妨碍它的生长和茁壮。树荫下，我们透过叶间粼粼的光，用心去琢磨一棵树的前生后世，在枝、叶、干、根烹煮着的时间里，连绵不断的延展在蓝天大地间日渐繁茂。

置身树下细看，这里其实有三棵树，冠大干粗，浓荫蔽日，翠幄如云，差不多有一个篮球场那么大。东边是榆树，北面是构树，这两棵估计是后来者，或许是怕中间的这棵树太孤独了，过来陪陪它。这棵无名树，离地面约 2 米处，伟岸的身躯兵分三路，分别朝向东南、西南、西北，往天空生发出新枝干，干生枝，枝生叶。人过百年，已是皮皱骨缩，而百年的树，油绿如翡翠的叶片，依然生机盎然地闪烁在夏阳中。几个起落，鸟雀扑棱着钻进树叶里，低回百转。两只瓢虫栖息在上，一动不动的，憨态可掬。绿豆样的果实密密麻麻垂挂一树，果、叶、枝，漫铺开来，生生不息。

它守候在这片土地上，根系在泥土里伸延，向广处和深处扎根，形成的地下网络世界，是怎样的精彩纷呈？我们站在树下，只能想象了。庞大的树根在探寻什么？它能探寻到什么？土壤是连接树身和树根的纽带，住在黑暗里的树根，通过触摸土壤的干湿、暖寒来感知地面的四季轮回，感知风和日丽，雷轰雨骤，雪霜盖身。我相信，它一定会听到来自时间深处黄海的澎湃，会看到万丈狂澜的雄壮，还有日出东方的喷薄和海上生明月的宁静。它一定也尝到了光阴远处的咸涩和苦难，甜蜜和幸福，那是盐的韵味。烧盐谋生，灶煮满天星，当盐的产量进入鼎盛时期，盐仓里堆积如雪，盐带来了富饶，只见商贾云集、市井繁荣、人文荟萃、寺庙密布。这片从大海中分娩出来的土地，不管世事如何变迁，月亮如何圆缺，大地的肌理里总会有海的记忆的。

伫立在田野之上，天空之下的古树，在它的纹理中，镌刻着自然和世间的变化。口口相传得知，原先规模很大的土地庙，在它存在的那些年月里，面朝黄土背朝天的人们，日出而作，日落而息，到这里来寄托他们美好的愿景，祈盼家和人安，风调雨顺，五谷丰登。不论这棵树当时是长在庙内还是庙外，作为见证者，它用年轮做记录，由此它身上的每片叶子、每根枝条，也就不言自重了。

如今的古树，离群索居，跟生长在人家门前屋后的树相比较，少了人间烟火气。记忆中，在一条农庄线上，如果哪家有华盖如伞的大树，那这棵树，一定会储存许多的故事。在从前没有空调的岁月里，树荫下乘凉、集会、打牌、下棋……大家摇着蒲扇，唠着嗑，吃着瓜果，啃着玉米，捧一碗粥呼啦啦地喝着，都是夏天里的日常。再就是有一群顽童爬树、捉蝉、掏鸟，他们像猴子一样灵巧地上蹿下跳。这些属于民俗文化的一部分，已经逐渐稀释在光阴里了。

当我们手抚翠树，向东展望，天空湛蓝无云，隔着大片的农田，看到南北走向的白墙黛瓦或红瓦的房屋，安静在夏日午后的阳光下。带着热度的夏阳照耀天地，照在树东边的小河沟上，照在沟边新出的绿莹莹的蒲草上，照在这棵树名和树龄还未定的树上，如果能有机会加以确认，那就更好了。

古树被这片大地厚爱着，被这里的雨露滋润着，在与往后的时间共生里，它更高壮的干，更密实的枝，更茂盛的叶，将继续与日月星辰、冬去春归对接，穿越风霜雪雨，披一身赤诚前行。

立　秋

夏还未尽兴时，秋就这样穿插着绕进来，悄然无息的。“立秋”这两字是横陈心头的喜，春华秋实啊，是历了光阴，沐了雨露的果，在秋始有了动人的身段。要去看，看万物在这季秋的彰显。

拉上良人出行，不远足，就近郊吧。在诗意的黄昏，秋雨后的风拂身，通体的畅。揪几茎狗尾巴花戏耍，花籽洒落，粘在肤上，是撩在心间的痒。紫薇花倒是应着它满堂红的别名，在绿化带上竭尽它如霞的绮丽，欢气腾腾煽情地开着，抚摸它的枝干，有“咯咯”的响动，是一片喝彩声啊。绣球花叶丰花腴，簇拥在那里，是在等待一场才子佳人的邂逅吧。还有那凤仙花、夜来香绽放得正浓烈，增添了无数的喜气。念起少女时光，捣凤仙的花叶染指甲，那一夜的等待如此久长，只因心急看蔻丹艳如花的美，也剪下夜来香的花枝编织头环佩戴，嬉闹追逐，花落有声。路边的国槐前些时日还繁花如雪，几日的光景已荚果垂挂，绿云浓稠。每日路过的香樟圃，俏巧的花吸了天地精华，绿玛瑙似的果悬挂枝头，深情凝视奔波尘世的人们。

渐行人烟渐稀，田野开阔，“雨歇晚霞明”，映着绿油油的稻田，“腾”的一声响，原是青蛙在其间穿梭，不久后，这里将是另外的风景，会青涩褪尽金黄铺地，成熟的美在温润饱满的稻穗中呈现。田块的边角，沟渠边播种的红豆绿豆，细长的荚在枝叶间曳着秋风，生生风情。成排的玉米威风凛凛，像极了待检阅的仪仗队，挺拔、俊朗、刚毅，是经了日月浸染的。观得满池的荷，敛起一夏的别样红，这样华丽的转身，惹人全心疼爱。

薄暮归来的农人升起了炊烟，一处院落，秋水人家，是润了秋意美的。走近，院内外的植物们在这样的时节，正闹腾得欢呢。院墙外的草垛上游走着错综复杂的藤蔓，南瓜、冬瓜、丝瓜，你来我往地牵扯相伴，有拌嘴的，有亲密的，仿佛有场走秀，你顶着黄花告之这季的流行色，我也举起白花诉之这是永恒的经典色，还有甜蜜合影的，是啊，和谐搭配才是最美的。

这边在不亦乐乎地秀着，那边也有正奔赴成熟的果实，倚在一边欣赏，似人生，隐了青春的涩，显了中年的沉稳豁达。还有两行芝麻正节节高着呢，下端结了籽上端还开着白色小花，隐约地泛着淡紫，疏朗的叶做了它们的陪衬，及时的抽身退隐是显了大度的。想来这是户有诗情的人家，院落里搭建了葡萄架，由着它们蔓延攀爬，着一地的阴凉，绿的紫的串串惹馋，是“露浓压架葡萄熟，日嫩登场罢亚香”，柔和的夕阳耀着叶上果上逗留的雨滴，熠熠生辉。看屋后的果树，柿、枣是本场的腕儿，是这季的惊艳，待到树叶落尽，红彤彤地挂在嶙峋的枝头，是熬了风霜炫目的美啊。屋后的河堤，天光柳丝共徘徊，有几摊翠生生的菱浮在水面，还有一孤舟晚泊斜阳中，“野渡无人舟自横”的气韵流转。

晚归时，已是夜凉如水，清幽在周遭弥漫，想天上的牛郎织女相会了吗？偶见的萤火虫打着小灯笼，随行，兜这季的熟在前行的途中热爱着。

草木如织

读《诗经》时，一脚跌进它的草木清气里，凡如水的植物，从遥远的时光逶迤而至，生生不息。

像羊毫般细软的风，刷过光瘠的大地，草色近却无里，又有多少故事开讲了呀？

广袤无垠的绿意里，谁是首个探出脑袋的？这个问题的难度，就像问天上究竟有几颗星星一样。不经意间，是的，就是在不经意间，它们就这样膨膨胀胀、挤挤挨挨、簇簇拥拥地相伴来了。只要有土壤，哪怕是瓦檐上、石缝隙、砖头间、随风聚集的一点尘土里，都能执着地亮出身段，沐阳淋雨吹风，把一股清新带到红尘烟火气中。

少时家中茅屋加院墙，比之如今的瓦房加门前水泥场地的格局，似乎充斥了更多的草木气息。当然还因为里面有我的祖父，那个把我放在心尖儿上疼爱的祖父，那个终年和草木打交道的祖父。我的懵懂童年和青涩少年的岁月中，随他坚实的步伐，穿过了一畦又一畦的田地，白露未晞，白露未已时，草木叶片上坐着的清凉露水，无尘无染地透进衣衫，侵入肌肤，直抵澄澈晶莹的心间。

从前光阴里，云白天蓝下的那条门前河流上，浮着深碧蔚然的荇菜。翻开《诗经》，荇菜打了头阵，缭绕清水之上，参差荇菜，左右流之，采之，芼之。它的所居之处必是清流，这也是它洁清的品质特征吧，为人处世能做到秉承清澈之心，算是站到人生轨迹的制高点了。再看今日门前这条哭泣的河流，荇菜无痕，难寻踪迹，水边摘荇菜的美丽姑娘何日才能重现倩影，但愿我的等待不会太久。

离家中田地不远处有片荒草滩，在无游乐场、电子产品稀少的旧时乡村，此处的美好，只有撒野其间才可知。野花野草遍布，茂盛到引来虫鸟鱼兽的光临，它们成了欢乐的源泉。白茅似乎唱了主角，春时拔之食用，甘甜生津，秋时穗熟白洁柔软，随风的旋律，舞出属于它的霓裳羽衣。从没想过它和爱情有关联，怎知浪漫的先人早已在它身上，种植了一个最原始最简单的情爱故事，诗歌里率真质朴且大胆的青年男女，幽会嬉戏时炙热火焰随情愫升腾，愉悦身心的欢畅，让读的人也跟着心怦如擂鼓。

河两岸苍苍萋萋的芦苇，拉起绿雾霭霭的长帘，苇叶随风飒飒有声。老熟的芦苇被祖父砍下，剥去枯叶，锯成一米左右长的段子，在屋前的空地上，围成方型篱笆墙，这样的篱笆墙，既美观又可防家禽动物踩踏里面种植的蔬菜瓜果。寸土不肯费的祖母，沿篱笆墙边丢了些癞葡萄的种子，无须专门栽培，它们随性生长，叶碧果黄瓤红味甜，把单调的篱笆墙装扮得生机盎然。更有可爱的喇叭花，不知何时落脚此地，发芽生叶，藤蔓沿着篱笆攀爬，紫红浅粉、海蓝玉白的花朵，在饱含清露的旭日中，擎着自家的喇叭开始一天的广播，它们的世界也多了份欢腾吧？篱笆墙的外围边有上年落下的凤仙花、太阳花、茑萝花等花的种子，这些朴素平实的花，在农家天地里恣肆无忌，不管不顾地开放，用它们的清芬点缀着安静的村庄。篱笆墙内的菜园，四季分明，品种多样，味道鲜美，好过大棚里精心侍弄的。绿是菜园里终年的主打色，紫色的茄子，老黄的南瓜，红彤的番茄，用各自独特的色系搭配着。即便是草木凋零、四顾萧条的冬季，碧油油的青菜也能点亮这方天地，更何况是充满蓬勃生机的其余三季呢。

本着不浪费土地的原则，有些花树是要被请到河堤边的。如栀子、蜡梅、泡桐树……栀子花开时，浓香醉人，女人们较之平常，来往频率要多得多，摘上几朵，或别衣襟，或插发髻，似乎步履间都平添了几分妩媚。冬季的蜡梅，树枝嶙峋黝黑，黄色的花朵立在其上，风骨里的傲气自然而生，而花落展叶后的它，凝碧覆树，森然里都快忘记了它曾经的铁骨铮铮。高耸入云的泡桐树上住着长鸣的蝉，“蝉高居悲鸣饮露，不知螳螂在其后也。”是说蝉，也是说人啊，选高树居住，也是有缘由的吧。

院落里，有一棵梨树和一棵柿树。梨花开时，如雪弥漫，张扬四溢，煞是好看，而它的果实却走得默默无声，绿果躲在翠叶间，一副慈眉善目的模样。低调沉稳的柿子花，倒是为秋时如灯笼般高挂的果实敛了身姿。把人比树，也是同样道理，人生途中，谁能一直站在山顶？又有谁毕生都被压在山底？起起落落，坎坎坷坷的风雨路上，才能体会真正的人生。

…………

草木如织，层层叠叠，我想，我愿化身为一滴站在叶尖的露珠，用我清凉滑润的身子，滚卷草木的清香，把植物世界里的纯粹强劲连接到纷繁复杂的人世间。

寒露秋空

坐看云起时，指尖寸寸凉，原来秋已往那深里过着。寒露来了，蝉噤声等待来年的引吭高歌，草木泛黄，凝在秀美叶片上的露珠也打起冷战，再抖索几下，就成霜了。

喜欢感受秋风的吹拂，一叶知秋的故事，原是那风儿做的媒，于是秋风忙碌起来。你看，蔓延墙体的爬山虎，翻箱倒柜找出红色的新衣换上，为悦己者容？绿化带上成行的栾树，在绿意丰肥的夏季，倒不显山露水，谁知几场秋风的关顾，却将它招摇得风生水起。满身的灯笼在风中摇摆，似着珠环玉佩的女子，趋步时叮咚作响，低调不成。高远深邃的天空下，云朵在风里缥缈变幻，随舒随卷，给南迁的鸿雁作宏大的背景。留守的雀儿，依旧起落，鸣叫，捡拾田间地头遗落的谷粒，风掠过它们的羽毛，瑟缩一下，竟让人生出怜惜来。

而“一庭春雨瓢儿菜，满架秋风扁豆花”的寻常农家日子，却让郑板桥过得诗意起来。秋风捶打下的扁豆花，翻飞如蝶，如月的扁豆荚成串稠密，是天上的月亮散落人间的遗珠。生活里的朴素之美，在清新田园间信手拈来。桂花却是馥郁芬芳的，细细碎碎的黄花，躲在枝叶间，一副养在深闺人未识的寂寞。谁知风动桂花香，初长成的惊艳，那种浓烈的香气，让你猝不及防，就像爱情到来，心房的土崩瓦解，躲也躲不掉的。当然花之隐逸者的菊花，不只有东篱下的孤赏，此时街头巷尾，红的，黄的，白的，粉的，聚集得欢天喜地，热闹非常。看到喜欢的买上几盆，放在案几上，即使是陋室，也顿生出雅致清高来。

喜欢聆听秋雨的降临，且不将它听得凄婉寒凉，悲悯凄怆。只想它是在洗涤夏的浮躁，持续的炎热，让夏天像一位横冲直撞的小伙儿，热情四溢，光芒万丈。而秋雨的淋洒，似一位阅历深厚长者的细语叮咛，让年轻人未来的天空，走得更加辽阔豁达。点滴的雨声，把秋虫也赶到穴中安眠，秋韵里的空寂之美挥洒得淋漓尽致。

邻家老夫妇在二楼平台上，用废旧的盆罐，竟整出一片小菜园的模样。朝天椒结出收获的果实，姿势是直指苍天式的，倒是名副其实，秋雨拍打下辣劲不减，意气风发得很呢。用芦柴做架，搭出丝瓜的自由天空，原先满架青绿配着浩繁明艳黄花的盛况，随着气温的次次降低，竟有了入深秋的感觉。还有留着做种儿的老熟丝瓜，把持着独有的沉稳，愣是在秋雨下坚守，听，雨打其身的壮烈，为这深秋雨夜添得一份厚沉美感。

喜欢沐浴秋阳的普照，阳光下有一场饕餮盛宴的呈现。这时的太阳像是在冷藏室里走了一遭，温度和色泽恰到好处，于是有股温润之气，在原野大地，山川河流，楼宇屋舍间穿行，天空显得更加明朗干净。于是开始想念果实硕硕的田野，清流缓缓的小河，清亮堂堂的庭院……一切大地上的事情。

色有五章，黄其主也。天际的太阳是黄色的，地面的庄稼是黄色的，于是它成了收获的颜色、成熟的颜色。植物饱满的籽实正倾诉着它们的秋日情思，稻谷弯下沉甸甸的金黄色腰身，你看那垂挂的姿态，安详，静穆，这是它对土地的虔诚，正如儿女对父母的感恩。晒场上黄灿灿的玉米，在阳光下闪烁光芒，粒粒光辉，枯黄的玉米秸，捆扎成堆，等派用场。傍着河堤、草垛生长的南瓜，此刻收起它硕大的黄花，把圆鼓的瓜身推向前台，光鲜荣耀。

寒露的时候，秋天的面目变得越发厚重起来，熟秋的气息游离在天地间，于是把整个身心埋在里面，不肯出来。

秋未了

什么都有了秋意，挡不住的秋意。

它似缓缓展开的卷卷古画，深远，辽阔。

行云，流水，冷雨，凉月，虫鸣，清露，收获，喜悦……秋天的模样。

秋天有秋天的章法。

白云用密集的方式出行，它在试探天空，然后成功地推动着蓝玉高高升腾，天光铺洒下来。“清气澄余滓，杳然天界高。”秋高气爽里唱一曲《故乡的云》吧，乡思升起。云挂在故乡的上空，它是通向蓝天的阶梯，旷野之上，没有阻隔，自由自在。有大雁在空中长途跋涉，它们贴云而飞。秋时爬山，云深不知处。那个住在沈从文心底的云端女子，弥留时已不识他的画像了，两人恩怨一世，谁又在谁的云深不知处？

流水上有枯叶漂浮，慢悠悠的，不着急，有什么着急的呢？这些叶子已完成了春生夏长秋枯，一生不差离地走完，很好了，并不是所有的叶子都能有完整的生命历程。叶随水行，“流水不腐，户枢不蠹”。厚厚的落叶，被雨黏在地上，即便有风吹来，它也不起身，只等晒干，风才好卷起一地枯叶，叶尾随风去。人如叶。

天渐亮，雨化晕开浅灰色的黎明，站在窗前，有水墨之气。带着昨夜沉醉，雨下得有些肆意忘形了，这哪像是走到第三季的雨呀，它难道不知自己老之将至了吗？不服老吧。雨将人与物景隔开，雨雾迷蒙，它击打在老瓦上，洗净瓦灰，瓦片灰亮亮的，屋檐流水，挂起宽宽的雨帘。雨中瓦，点缀村庄，点缀老镇，点缀山山水水，瓦下是烟火日子，寻常，平淡。雨在弥漫，在冷却温度，不禁打起寒战，秋凉添衣。秋水满溢。庄子的秋水，苏轼的秋水，辛弃疾的秋水，各有各的秋言秋语。说到秋水，绕不过的那句“落霞与孤鹜齐飞，秋水共长天一色”，心里住着永不褪色的王勃，太年轻了，在碧翠青绿的年纪，正当扬帆之时，转身，只留一袭青衣在世，他不等人间秋凉了。

月夜安静，月光皎白，适宜倾诉满腔心事，有个人藏在心头，月色携一股凉意透过四肢百骸将其拎出来，凉月破天。月华如水，白露凝霜，月下草木无言，月下虫鸣正欢。虫被秋天吹动了，被吹动的还有这些声音，“嘟嘟”“啾啾”“铃铃”……寻声而行，在用声音表达爱，为爱情而鸣，为延续生命而歌，在对的时间，对的地点，遇一个对的你。

初秋的清露，还住在绿色里，剔透晶莹地泛着绿。时间推移，绿在前行，在渐变。行道绿化带中，偶遇一丛芭茅，是有意为之，还是野生的？未知。露水沾在它的叶上、花上，澄澈，清凉，这个时节芭茅已经开花了。记得《雪国》里有遍地的芭茅，从山腰到山顶，川端康成形容这许多的芭茅为“白花花的一片银色，好像倾泻在山上的秋阳一般。啊！岛村不由地动了感情”，像苍劲挺拔的芭茅一样的驹子，早已对岛村动了情吧？活在小说里的爱情，谁先动情谁先输。现实中，还是两情相悦，携手共进最好，哪来那么多的轰轰烈烈、悲悲切切啊。

纸笔铺陈，作画秋天，用大写意笔法。漫山遍野的成熟，是大气，是磅礴。与它相遇，眼里是满满的金黄，秋熟了。黄色，收获的颜色，喜悦的表情。灿烂秋阳，光耀大地，“十里稻花香”，不止十里，而是绵延不绝。从前要“新筑场泥镜面平，家家打稻趁霜晴”，时至今日，只见机器在田间奔跑，一气呵成。秋日北行，高速上看到两边有大面积的荷田，看得见的是叶残花落茎枯，看不见的是淤泥下无数白胖的藕，藕断丝连，情深意切。

寒露刚过，秋在往深处迈进，重山叠峦间，一马平川上，秋天继续认真地讲述它的故事，未了之秋啊。

霜　落

寂寂冬日里，在列车上看一场白霜盖野，是晨钟暮鼓般的撞心。

此刻莽原素白，虽说没有大雪那样的隆重和厚沉，倒也是丽人轻敷妆，加之一轮当空红日，仿佛胭脂晕开，正正好。

在这样的冷红和寒白里，思绪是很容易游离的，就如现在的我。

霜降之后，寒气来袭，温暖渐锁，天地冷凌，一弯瘦月也裹了霜意。月下的原野广袤沉静，寒潭隐藏深山，老鸦栖息枯枝。浓霜尽染的场景，是要时间成全的，就像人抵达如霜的年纪，也是要经历攀登高山，跨越河流，踩踏长路的漫漫修行才能完成一样。

儿时学习，有一年是在村小就读的，其时我家住村东头，学校在村西头，是班上路程最远的一位学生。每天往返四趟，沿路上有小桥，有流水，有枕水而居的人家，平阔田畴之上，有鸟雀起落，有耕牛忙碌，有辛勤劳作的农人。日月升落里，我看四季更迭，四季看我成长。

蛰虫咸俯之后，热闹的土地渐渐安静下来。霜降是秋季最后一个节气，这时的霜，轻晕淡抹，兽蹄雀爪不留痕，自有一番惊心的风韵。

晨霜耿耿，穿着母亲油灯下套着顶针缝制的布鞋上学，如今忆起，那样的一针一线里才是岁月缝花啊。鞋底似乎还带着母亲手中的温度，当它轻触泥土上的白霜，冷霜也软了身子骨，融进大地的胸怀里。眉睫蒙霜，透过挂霜的眼帘儿，看路边上几经挣扎的枯草，披裹白霜俯卧，黄白相对里，自然是好汉不提当年勇了。昨天还精神抖擞的绿叶菜蔬，今日好似打了败仗，蔫着脑袋，而它们也在暗地里下决心，只等机会，定要重出江湖。果不其然，当太阳输出它斑斓的色彩，几个耀眼后，你瞧，青菜、菠菜、白菜、萝卜……由于有了霜气的捶打，嫩的更嫩，甜的更甜，脆的更脆，终得翻身，完成自身的升华。于是庄户人家的饭桌上，也因此聚了满满的霜意了。

喜欢有霜气的人。我想，这个沾染霜气的人的碗里，定然是盛放过寒山，冰河，孤岛，冷月，只有将这些咀嚼下咽，在腹中乾坤里风云大作一番，才能将霜意从里到外渗透，塑成一个凛心彻骨的人。

黄州时的苏轼是这样的，惠州、儋州苦行后的他更是霜意沉沉。没有黄州之贬，也许我们就无幸欣赏到前后《赤壁赋》了，也许天下第三行书就不是《寒食帖》了。这幅字的跌宕起伏，奔放气势，遒劲有力不用赘述。此中的“空庖煮寒菜，破灶烧湿苇”一句里，“空庖”二字之小，“破灶”两字之大，如此剧烈的字形变化，传递着怎样一种凄清孤苦心境？遥想当年“左牵黄、右擎苍”时丰神俊朗、狂澜四起的子瞻，因为有了落霜的浸刷，而成了清风徐来、水波不兴的东坡居士。遭霜击后的苏轼，豁达旷远。喜欢“大江东去，浪淘尽，千古风流人物”的磅礴和雄浑，喜欢“拣尽寒枝不肯栖，寂寞沙洲冷”的孤高和脱尘，喜欢“山下兰芽短浸溪，松间沙路净无泥”的清丽和畅适，还喜欢“早晨起来打两碗，饱得自家君莫管”“已倾潘子错著水，更觅君家为甚酥”的烟火和世俗。如此的纵横捭阖，怎能让人不喜欢？

青黑苍穹之下，霜满天时，月沉落，鸟归巢，虫入穴，人已眠，万物阒寂。此刻如霜的岁月正悄无声息向我走近，直到有天我双鬓染白，也定会生出震惊和惶恐，谁都避不开时间利刃上的锋芒啊，如何是好？就在落霜里过一遍吧，也就洒脱了，也就不念念悲戚了。

雪　至

如今一场雪的到来，是想遮都遮不住的，雪要来的消息铺天盖地，轰炸式知晓众生。从前，有一夜皓白，晨起推门的雀跃。

当然，雪不似雷阵雨，说来就来。遍洒天地的阳光这些天没了前段时日的活泛，层叠地在收，露脸迟疑，带着黛玉初入贾府的小心。

连日被雾和霾锁起来，晦暗沉阴，人们盼雨来洗刷出一片明净，虽然有场雪更好，却不敢奢望。冷气久积为寒，日子往小寒里过着，先是细雨做的铺垫，天空明亮了几分。小寒头天，扑面的雨里似乎夹着雪，应该是零星的，势头不大，和雨水两下就交融了，只有触及肌肤，才能感到雨水里的冰凉。立在办公室的大玻璃窗前，看渐渐占了上风的雪，看它云手慢起，翩然若仙。中午在校门口等娃儿放学，雪粒毫不留情地砸向我，不一会儿，围巾上已经铺了数层从天而降的碎小花朵。

雪是个配色高手，百搭。下班途中，我开着电动车慢行，想让这场雪记住我。草坪枯黄，覆了层浅雪，黄白相间，好模好样地静趴在那儿，乖巧得很。常绿树，以不变应万变。一根南瓜藤缠在竖立的钢丝网上，有个忘了归仓的南瓜，吊挂在褐色的老藤上，瓜身已被雪盖了小半，寒风冰雪里它就这样守着孤独，守着苍冷，望着一个个节气走过，兀自修心。麦苗、油菜秧、蚕豆苗……都在低处生长，雪还未全没了它们。麦苗的瘦嶙细叶戳破白雪，绵密尖锐地指向上空。油菜秧宽宽的叶面，正承接着纷扬的雪花，感受雪从轻盈到浑厚的过程，此刻的煎熬，定会在来年用黄灿灿涂抹出一个锦绣春色。一群麻雀在风雪中起落，觅食？避风？躲雪？瑟瑟站在已经清减得只剩枝条的梧桐树上，次日我又见到一群麻雀，不知可是昨日的那群？但愿是吧，但愿它们已安然度过这个雪夜。

晚上刷微信，看到公交车停开的消息后，大伙儿都在担心明早如何上班，后来认为步行才是最安全的。这样的雪天，谁不想在家拥被看手机？可又有几人身上无责任担当呢？就像我工作的医院，是为生命健康保驾护航的地方，我们已经做好各类应急预案，大家趁雪还没积厚就开始清扫，顺畅每条行道，我在群里看到有些同事已经连夜赶到医院，生怕明天的出行艰难影响到工作，其实各行各业都一样，都在为明日绸缪着。翌日的道路通畅是环卫工人的成绩，因此我上班没有步行，依旧开着电动车，一路缓行赏景。朋友圈里都在说融雪剂的事儿，其实真正的融雪剂是众人的辛苦，像小寒下午的阳光，融化了雪，融化了坚硬的心。

这场雪很应景，小寒，初雪。雪酝酿了一夜，用它的经典白色装扮着天地，沿路看雪，比之昨日，大地留白更多，村落河流更静，近草远树添了遒劲端正。隔了几畦田的一片杨树林，高架树顶的鸟窝更加突兀了，我仿佛看见鸟儿正探出头，向我投射的目光里多了一份苍茫和凛冽。路旁的树木，树干朝北的一面，像絮了厚厚的莹白丝绵，半遮面，意犹未尽。

雪天做风雅之事很适宜，如煮雪烹茗，雪夜访戴，独钓寒江雪都可。妙玉煮雪，煮的是梅花上收的雪水，还是藏了五年的。且不论是否如宝玉所品出来的清淳无比，我乃俗人，隔了这么长时间的水煮的茶，肯定不喝的，要煮雪，就到我乡下的自家桂花园里收叶上的净雪，叶片已被早上的雨水洗得清亮，落在其上的雪，无污染，而且现收现煮，喝它个新鲜。王子猷雪夜乘船访戴安道，想来是个性情中人，魏晋风度。当晚在选择夜访的交通工具上，行船应是最佳的，估计那夜的温度还好，起码水面没结冰，否则就没有后来的“乘兴而来，兴尽而返”的千古佳话了。柳宗元的《江雪》，幽静孤绝，千山万径之下只有独钓的蓑笠翁和孤舟，万籁俱寂得怕人，可想而知诗人当时是怎样的心境了。虽说“停舟暂借问，或恐是同乡”，已如墨笔画，无须装饰烘托，不用布景借力，很清脆洗练了，但如果将它置身在一个雪夜，那画面会不会更饱满呢？

落雪已止，雪没全化，踏在雪上，步步稳踩。边走边看，看见枝头蹦跳，雪地撒欢的鸟儿，清澈呀，抓把雪洒过去，也忘情一下吧，我就将此刻的心情折叠好，放进厚厚的岁月包袱里，然后继续赶路，我知道雪后的日子还会如常的。

雪落纷纷

雪染山川原野，白皑皑，天地大静，万物澄怀。

小寒前夕，风雨、浓雾、降温、放晴，轮番上场，花式多样。禁锢的城堡在如此猛烈攻势下，估计实在是招架不住了，缴械沦陷，于是，一场雪纷纷扬扬。

它在寒冬深处抵达，天地相依。雪在这个时候最生动，请相信，这场雪是上天最好的安排，没有雪的冬天，是节气的词穷。入冬后的天地言约意丰，虫鸣隐匿，鸟语稀少，水流轻缓，只有风，如身披风雪仗剑走天涯的侠客，剑声凌厉划破天空，呼啸而过，不遮不掩。雪中的大地，休养生息下，状态饱满，胸有成竹，无穷无尽的能量蕴藏在心怀间。

站在雪地里，寒浸浸的，冷彻肌骨，不管了，就让雪的软绵和冷冽，抵达灵魂，深入灵魂，用奔腾的时间包裹我吧。

我在雪天想雪。

雪落是冬时壮丽山河画卷的打开方式，雪铺白的地，像展开的宣纸，阳光做墨笔，深浅勾画。冬天的山水清瘦，宜用斧劈皴的画法，而一场雪的光临，却是瘦身后的反弹，世界重新浑圆起来。透过岸边覆着白雪的泛黄芦苇，看烟村远树，干净素淡，简洁，阔大。看雪地寒鸦，一白一黑，分明，好辨。

风雪里，念起上季的那群白鹭，此时它们又在哪儿越冬度寒？

彼时秋光无限。天上，高处的云被风赶着跑，一朵又一朵；地面，压土机滚过光洁田野，一遍又一遍。几天前，即将成熟的庄稼，仿佛朝夕之间，风卷残云般被收割完毕。长庄稼的熟土，我来挖些留着莳花弄草，忽然一片白飞过眼前，落地停下，定睛看，原来是白鹭，细数，共计十一只。

白鹭追着机器奔跑，也许是被压土机碾过的土地，带出了虫儿吧，它们在裸露的泥土里翻找食物。平日里经常看到它们在庄稼间起落飞翔，想来白鹭是栖息于此的。突然，觅食中的白鹭止行，集体朝着机器行进的方向默默注视着，与其相隔不到十米处的我，也这样注视着它们，它们在想什么？我又在想什么？彼此不动声色，只有机器的轰隆声，只有内心的翻涌。上有蓝天白云，下有春华秋实，时光流淌里，有时我们只能和自己的身影拔河。

白鹭和我定格在这个秋天，凉爽的风细致地吹拂着我们，冬还眉目未现。而此时，冬的轮廓已经深邃明朗，风里灌着严寒，卷起雪花，洒在身上，我有棉衣御寒，而那群白鹭是选择留守还是南迁？如果留下来，又是哪一片雪花落在羽毛上？这些也只能遐想了。

我生活的地方四季分明，生态良好，适宜居住，我在这里一步一个脚印，踏踏实实地向前走。顾所来径，回望过往，有多少个纷纷雪天在我的人生路上盛开？又有多少人在我前行时鼎力相助？携手共进的岁月中，由于有了心与心的碰撞，手和手的相牵，即便是寒冷的雪天也会过得花团锦簇的。

冷是可以抵抗的，厨房是提供热量的最佳场所，我们包饺子，熬靓汤，言笑晏晏。由于我不善饮酒，对酌不成，尽管少了“晚来天欲雪，能饮一杯无”的气韵，却因为有亲人围桌坐，浓情拔出寒气，其乐融融里洋溢着温馨和朴实。屋外北风吹雪，屋内暖意盈室。

雪用最简单纯净的音符，从它的指尖弹出春天噼啪作响的声音，旺盛的生命一定会在春天赴汤蹈火、燃烧沸腾的，对此，我深信不疑。

积雪凝寒

小寒大寒各下了一场雪。

雪霁，不知名的道观空无一人，我走进。观内，高大的广玉兰树满身压雪，积雪凝苍翠，肥厚的叶片很有担当。靠近树下，瞬间添几分阴寒，太阳仿佛到此打了个盹儿。被雪覆盖，观静无人，翠树素淡，有诗词里的冷凉意境。出观上路，簌簌声响下，印出我的一串白脚印。

天地扩展，无垠的阳光扑面而至。水杉树高大，喜鹊选了其中一棵做了上下两个窝，是父母和孩子，是两亲家，还是两个老友？谁知？反正是做了近邻，彼此有个照应，这会儿趁天气晴和，出窝在枝丫上蹦跳，叽叽喳喳，清脆的鸟声悦耳，仔细听，聊得正欢呢。寒树老苇枯草，在冬季褪尽繁华，苍灰，赭褐，黄棕，都是深沉的色调，有质感，雪的遮盖下，敛身收心，把厚实藏起，安然度过大雪纷飞。

冬的肃杀气吊挂在屋檐下的冰凌上，一览无余，有两军对垒的凛冽，兵戎相见，刀光剑影，就差万箭齐发了，而普照的阳光化解了一切恩怨。

丰肥的雪铺在江山万里上，壮阔啊。

河流是大地的脉络，清莹的小河腴润起来。我驻足桥上，风不大，冬水潺湲，低处的河岸，有垂挂水面的苇叶随水纹摆动，不知疲倦。河边居然有一树梅，盖着雪，村野处的疏影横斜，若在月朗之下，定会更富奇逸清趣的。小片竹林傍在人家后墙，风吹叶上雪，细雪碎碎纷飞，飘扬的雪似乎又回到一朵雪花的模样了。几只母鸡"咯咯咯"地在雪地画图，闲散地漫步进竹林，惊起一群麻雀扑棱棱飞出。四下寂静，我也寂静。

广袤的大地，在冬日长相清癯，一场大雪让它丰润，也让枯寂僵硬的冬生动起来，雪下生生不息。地床厚被，考验大地，温暖大地，瑞雪兆丰年啊。有孩子在雪地嬉闹，堆雪人，打雪仗，猫狗也来凑热闹，这些叮叮咚咚的跳动音符奏出欢快喜悦的音乐。见一块被清扫出来的水泥场地，晒着棉籽壳，看样子是种植菌类用的，上面站满鸟儿，它们在聚餐呢。雪止后的一顿大餐，吃得有滋有味，此时各取所需，互不干涉，细看下，有喜鹊、乌鸦、麻雀，竟然还有两只戴胜鸟，头顶凤冠，喙尖长细窄，羽纹错落有致，虽说是两只，但在众鸟中，因其造型奇特，占尽了优势，倒不显得势单力薄。汉画像石上，西王母的艺术形象里，头顶戴胜鸟。"能传世上春消息，若到蓬山莫放归。"唐代贾岛是这样形容它的。

心随脚行，村道好走，沿路的房屋，被雪重新装修，是山水画的风格。最深处的节令，是一曲唱到高音时的恰当收声，不容易，人生里有很多的不容易，能把许多的不容易开成大寒里的梅花、茶花、水仙花，也是添了砥砺精神了。

积雪后的王羲之在干什么？在给分别二十六年的好友周抚写信，他写信的时候，外面的积雪是五十年未见的，写了 64 字的

《积雪凝寒帖》，此帖在用笔上，方处锋棱可截铁，圆处婉转若飘带。那天的他抬眼看了一下天空，湛蓝清澈，思念的悠悠情怀随他的目光越过千山万水，抵达远方，山河阻隔不断，积雪牵绊不了。

有年雪后，在山腰处遇松林，虽说山风入松，却也抵不过积雪的沉重，平日里的阵阵松涛声，在雪的重力下暂收。透过眼前的积雪，我仿佛看见林冲在与柴进相辞后的路行十数日里的苦楚，正逢暮冬，彤云，朔风，漫天大雪的前提条件已经准备得很充分了，等下就会满地如银。严酷的外因，悲绝的内因，让林教头雪夜上梁山合情合理，行路难的这些日子最好遇到一片雪时松林，人在险峻处，遇老松更衬，松影参差，惊心动魄。积雪压松，说的不仅是一种力量。

大寒之后是立春，生命的大气象在山河岁月中变换着，积雪渐融，寒气慢收，打春准备过年了。不远处，春天的路上生气蓬勃，神色动人，铺展从容。

听风宜冬

当风浩浩荡荡、毫不遮掩地横扫大地时，想必是那冬风抵达了。

冬天的风，骨子里总带着一股凛然之气，持着这股气势，把寒冬的幽深书写得更深了几许，如此这般，也显得它与别季的风是多不同啊。

春天的风，是用鼻子嗅闻的。春风拂过，一切沉睡都将苏醒。水暖了，草绿了，花开了，这时空气里满载香软甜糯的味儿，恰似一桶被打翻的美酒，四溢的香气捂都捂不住。夏天的风，是用肌肤感知的。赫赫炎炎、火伞高张的夏季，等一阵风，有如古代守家的妇人，盼在硝烟烽火里奔命的夫君归来那样。那相携着闪电、雷声、大雨而来的风，倒让人分不清主次了，只有身体上的凉意，才告知了一场夏风的来临。秋天的风，是用眼睛观看的。在它的全面光顾下，田野上的碧绿油油开始往浅黄、深黄里走着，山间层林尽染，叠翠流金，浓郁的秋色忙乱了众眼。而冬天的风，却是要用耳朵去倾听的，横渡一个冬天的风里，也能听出一番人生悲凉与欢喜。

当节气走到立冬时，算是入冬了。这时的天幕像被哪个调皮的孩童往下拉了数丈，矮降下来。天色也仿佛是宣纸上洇了层淡墨，暗灰灰的。去河堤走走吧，几排杨树莽莽苍苍地立在长长的河岸上，树密成林，远望不到头，它们守护着这条我们赖以生存的悠悠河流的朝来暮去。走进林内闭上双目，拉出藏在发间的耳朵，来听冬风过林的美妙。杨树叶经不起冬风的席卷，在簌簌叶落声中，叶片纷飞，如雨如蝶，遵循着叶落归根碾作泥的自然规律，为来年早早谋划。鸟雀被风惊得噗噗展翅，鸣叫连连，该迁徙的迁徙，该留守的留守，美丽家园的建设，断然是少不得它们的。匍匐在岸边的衰草，也发出嘶嘶的声响，冬风赋予了它们一岁一枯荣的坚韧。对待万物，冬风不做高低之分、贵贱之别，世间一切在它眼中皆为平等。

这样的风头里，想起少时家中事，也是衬了冬风底子的。当父母看着邻人一家家地竖起新房，眼见还跟着他们住在草房中的祖母，心中万分难过。赶巧家中有一亲戚点拨，让父母种些经济作物。在他们的辛勤劳作下，种子终于长成筷子长的小苗，一件令人生厌的事发生了。不知哪位缺了善心的，在月黑风高夜做了回强人，生生用镰刀割去数行幼苗，真令人生气。于此，召开了家庭会议，大家决定在田头搭一临时窝棚，作轮流值守之用。

正当放寒假，我和祖母一组。入睡的第一夜，我是在惶恐中迷糊了整夜。因为棚子是用木头搭建的，为了防冻防潮，就在棚子外面包了稻草和塑料布，棚内的床上铺着厚厚的稻草和棉被褥，枕头是稻糠的，整个棚内散发着阵阵草木味。这样的枕头上就是稍微一个转头，稻糠枕也会发出索索声，寒夜里格外刺耳。棚外冬风在吼，空旷的田野上，回荡着单调的呜咽风声。风打得塑料布发出慌乱的扑哧扑哧的喘息声，像久卧病床的人，还留着几口续命气，只怕一下闪失就撑不过去了，揪人心肺的很，而这样的风声，让我把头又往被窝中深埋了几寸。还有隔着一条农庄线的，不知是谁家的狗，狂吠一阵，这犬吠声掺杂在嘶吼的冬风里，像馒头里夹的几根老咸菜，味浓却朴实。冬风把寒夜村狗的音量远远地送出天外，却将村庄映衬得更加寂静。

此时，处在小楼上的我，躺在温暖的被窝里，枕上听风。听城里的冬风穿街入巷，拐弯抹角，周折回旋，尽管少了旷野上的那份纯粹，倒也另添了份别致。也许它从空旷而来，也许还会向空旷奔去，回往反复，生生不息，且将冬描绘得更加多姿。

听风宜冬，不管何处听风，都能听出尘世间的浮沉与荣枯。当冬风吹过小寒大寒，又一个崭新的立春在挥舞着，跳跃着。

第六辑

登山见微

DENG SHAN JIAN WEI

登山见微

立春头天，去看了海，天阴，风大，水浊，辽阔一片，恢宏无边。

立春当日，难得的晴朗，起早将浸润着乡村气息的暖阳狠狠地享用了一把。尔后决定去登山，网上搜了一下周边最近的山，驱车前往。

目所及山时，正值日午，只见山顶烟雾缭绕。直至抵达狼山脚下，那是锣鼓喧天，人声鼎沸，摩肩接踵，车流如洪啊。如此热闹，竟让我不知所措起来，与我内心想要登的山已是相去甚远了。我要登的山，有人，只是如晨星般的三两；有寺，不要参差错落的繁密。询问山下人家，知道旁边还有山一座，剑山。何谓剑山？是形似吧，因为山的形状像一柄出鞘横放的宝剑，于是提足前行。

与隔壁山门前的喧闹相比，这边真是清冷。拾级而上，迎面是一尊弥勒佛，笑对众生，世间的苦难艰行，熬到最后不都要一笑泯恩仇的嘛，所以只有笑对了，只能笑对了，只有这样，积淀心头的尘埃才能云飘烟散呀。

每攀登一个台阶，万物在脚下便微小了一分。有亭，名曰重阳亭，是尊老的表达。有塔，普同塔，“普同”二字讲的又是怎样的心练历程啊。有崖，叫作老乌崖，在林间点缀，此时，崖周边的树木，除了常绿的，其余树枝花条均是光秃，倒成了一幅天然的水墨色调的画了。有轩，唤作云涛轩，想必此间观云听涛极好，如此久盼的晴日里，云儿却是不大肯成群结队出来溜达，江水还没汹涌起来，那江涛声也在打着盹儿，只好留松涛声在春寒里孤军作战。还有禅院，巍巍几幢黄墙红瓦的庙宇，有僧人，有游人，还有正燃的香火，不闹不闷，恰恰好的氛围。文殊院里供奉的是文殊菩萨，代表着聪明智慧，时有香客前往许愿。对着菩萨，默念心愿。

站在观景台上登高望远，看粼粼微波的江水，看星罗棋布的农田，看净如玉带的马路，看峻秀山坡的树木……一切尽在眼底，一切又往微处展现着。

在这样的山顶，看一片叶的舒展，一茎草的挣扎，一树花的绽放，一朵云的空灵，只想好好享受微小处的升华。不禁想起去年暑日那次登山，正逢有烦心事滋扰，痛苦难耐，导致了整宿整宿的失眠，大把大把的青丝掉落，气郁攻心，神情恍惚，快喘不过气了。朋友实在看不下去，带我去登山解忧。记得登到山的最高处时，环顾那紧紧守候着群山的青翠葱茏，还有满山满野的风在为燥热的身心降温，看山下的红尘纷纷扰扰。恰逢有阵雨降落，雨歇后的那道划过天际的彩虹，直通向我的心间。而当时处在半空中的我，深感人落尘世，原来只不过是微尘一粒，己身所承受的大喜大悲，个中滋味，自己伸舌才可知。只有把自己拉高，才能体会到微小处的美好，那是浪花被潮汐拍打的颤动，是雨水在天空缠绵的留恋，是根须把土壤抓紧的痉挛。所以某刻的心头烦事也只是人生路上无数拐角中的一个，转过这道弯，定会有宽敞明亮的大道在前方。

而此刻，隔了半年再次站到半空中的我，想到与昨日所见的浩瀚大海的壮阔相比，今日登山上所见的细微之处全是满满的震撼啊！其实人生行到至高处，也是由一个个微小累积而成的，正所谓“合抱之木，生于毫末；九层之台，起于累土；千里之行，始于足下”，就是这个道理。看似微小，实则庞大。

暮色渐临，准备下山，即刻又会落到红尘万丈里了，就把山上的这份宁静和体悟携带下山，带到生活的处处微小里，洗涤久垢的心，让它变得空明豁然。

步步向南

这次的行程，横跨了苏浙闽三省。其实，如果不是在这样的夏里行，沿途的景色，会因温度变化，呈现得更加纷繁。当然，如是的夏，也有惊喜重重。

清晨出发，一切都在氤氲里，仿佛蒙着纱。黄梅雨季，断断续续的雨水，似怨妇，絮絮叨叨个没完，让你听得耳朵生老茧，失了感觉。

滚动的车轮压在积水上，“呼啦”一声，好似在宣泄。不管，直往南行，开车的师傅说，我们是步步向南。高速上，风驰电掣，景色是扑面的，然后“唰”地甩到身后。到江上大桥时，江面雾霭朦胧，船只与小岛掩映其中，码头依然忙碌，船上人家还是寻常样。心想，如果是晴朗的天，这会儿的阳光融在江水里，定是缤纷万千的景象，该是怎样震撼啊。

到杭州湾跨海大桥时，烈日当空，海天澄明，于是擦亮眼，清爽爽地欣赏。车在桥上行，桥下是大海，36 千米长的距离，单这个数据就叫人惊心动魄的了。人类发展到当下，划时代的事件一桩又一桩，只有想不到，没有做不到的。上天遁地，劈山拦海，原以为是神话故事，其实是前人的愿望，如今已经变神话为现实。开窗，海风在耳边呼呼过，海，是一望无垠的。风平时，浪是柔软的，静谧的；风起时，浪是坚硬的，喧闹的。当碧澄的天空倾倒进海水里，海也就碧波粼粼了。愿潮汐能卷走我的心，放进大海，洗尽铅华。抵达南岸休息，看到一群举着夏令营队旗的少年，想那海、那桥，也如此刻的少年般，朝气蓬勃，英姿焕发。

我居住的地方，在黄海边上，平坦辽阔。看到山自然新鲜，于是恨不能把远处的山拉近，放在眼帘观赏才够尽兴。同行的人，有走过这条路的，笑道，往南行，你定会审美疲劳的。

接下来看到的山，可谓是崇山峻岭，重峦叠嶂了。一条又一条的隧道，宛若长龙般穿行在山间。山在路两边，近得触手可及。往南方，山，除了正在开挖的露出肌肤，其他的定是绿袍加身。出发时我还在想，一路上重复且单调的绿色，会让人提不起兴致的。哪曾想，在幅员辽阔的祖国大地上，即使是单一的绿色，也能挥洒出不一样的情调。平原地带的绿，是平视的，走进，就能徜徉其间；丘陵地带的绿，是仰视的，走近，是悬浮半空的。

有山就有寺庙，一座座巍然耸立，半山腰的，山顶的，在晨钟暮鼓中，守着山，于红尘中寻着自己的清净。山地珍贵，梯田对游览的人来说，是优美的，于劳作耕种的人而言，是艰辛的。机械化在它面前，英雄无用武之地，更多的还是人力、畜力的使用，不似平原，开阔、顺坦。高速公路在山间起伏，在山下行时，可看清山脚下的人家，许是因着土地的限制，城市的高层公寓很多，倒也无甚特色。村庄、集镇的房屋瘦瘦高高的，同行的人笑称，好像碉堡。和我居住地方的房子有差别，听介绍，当地条件好的人家都会砌到五层七层，还装有家用电梯，再不然也是三层，基本上都是奇数层，可能是风俗使然吧。

路盘旋到山腰，山底下的房屋渐渐矮去，被山环抱着的山下人家，仿佛是山之子，被眷宠着。还有那依山傍海的，更是让人眼馋。有忧患意识强的人喟叹，就怕这青山绿水发起脾气，那个才够受的了。我想，自然界的灾难有时难以估摸，但人为造成的原因，能避免是好，护得绿水长流，青山常在，是代代人不尽的责任。

行程远，沿路一程风雨一程晴的，一日之内经历着不同的天气变化，倒也有趣。看云雾在山间缠绕，也许远处看我们，也是在云中行吧。一个个路牌往后闪，云淡，心弦猛然拉紧，这是路牌的名字，云淡，云淡，我念叨着。是谁竟然把地名取得如此诗情画意，如此清新出尘，如此情怀万种，如此动人心魂。看样子是个海边小渔村，我开始遐想，有幸住在这个美丽地名的人们，有怎样的生活。想此刻晚霞的光辉，正在海面跳跃的欢欣，归来的渔船，伴着海鸟缥缈的歌声，摇荡得多么轻快。那是因为有个家，一个暖在心头，安在这个叫云淡的、清雅别致地方的家在召唤。

云雾弥漫，暮色自薄光中渐浸，一切浅罩着暗色。归巢的飞鸟，在此起彼落的佛寺晚钟声中，展翅飞翔。也有袅袅炊烟自山下或山腰升起，像极了仙女腰间的纱巾，飘忽悠远。夜色似浓幕般落下，烟火人间的万家灯火，在等待我的到来。

近深夜十点钟，到达濒临东海的泉州，从黄海之滨而来，染着平原气息的我，步步向南，走到这方环山面海的天地里，两片海在时光中握手言欢，隔着浅浅的海峡，那边还有一个魂牵梦萦的地方。

踏山行水在贵州

今夏，去了贵州。

那么多的山，那么多的水，那么多的绿，眼睛不够用了，耳朵不够用了，心儿不够用了。

这几天仿佛是向上天偷来的，看山，听水，赏树，我人生前几十年加起来见过的，也没这次多，多得我像个一夜暴富的人，无法存储，无法消化。

同行的肖哥早早做好此行攻略，并在整个行程中为大伙儿的逛和吃操碎了心，因而这次贵州自由行是我出游以来最轻松的一次。

透过机窗鸟瞰，无数的山立在下方，抵达地面乘车，路两边全是山，近山绿，远山黛。

山依山，山靠山，山连山，山挨山，重峦叠嶂中一路前行。山多，多得让我失去了语言功能。山近，近得一不小心它就钻进眼眶子里了。走的是高速，高桥、长隧不时从崇山峻岭间闪出，石壁间掏凿出来的新路，像是给山腰缠了秀美的纱巾。在云贵高原，1 千米高速路平均造价 1 个亿，听闻贵州已成为西部首个县县通高速，村村通公路的省份。望着车窗外的白云绕青山，车行山色新，感慨国之强大，自豪感油然而生。由新路看思路，可谓山高人更高。

贵州素有“八山一水一分田”之说，是全国唯一没有平原支撑的省份。开车的师傅是贵州本土的，毕节人。我们这些从平原来的人，不时向他询问些问题，也好对贵州有个初步的了解。

条条绿色山泉在灵动，群羊在山上吃草，数只黑狗在山间奔跑，巴掌大的平地也会被见缝插针种上庄稼，山林蒙密，密不透风。太阳还在高处，缕缕炊烟已袅袅而上，大山深处有人家啊。从最初的惊奇，到望不到尽头的绵延山脉，视觉上渐趋疲乏，以至于到余庆段时，看到山下出现为数不少的建筑物，大家的视觉才重新被冲击了一回。“坚韧如石，谦诚若水。”石阡这个温泉之乡的宣传语倒是形象生动。停车休息，服务区很小，很静，就我们一辆车。门口一缸瘦荷，旁边坐着位做手工活儿的老人，那样的安然自若，时间在她这儿仿佛停止了钟摆。

夜宿江口县，翌日登梵净山。7 月 2 日，此山申遗成功，这才过了几天，游客陡增，我们算赶上了。山间天气无常，时而细雨飘，时而阳光洒，跟它较不来劲儿。随观光车不知拐了多少个山路十八弯，下车后，接着坐缆车，最后一步步踏阶而上。当我手脚并用气喘吁吁地爬到海拔 2336 米的新金顶时，细雨缭绕着云雾，人在云中行，仙气缥缈。下山，才走了十数级石阶时，居然看到两株野百合在石缝里花开正盛，一朵花能在悬崖峭壁开放，野百合做到了。

来到承恩寺时，正逢寺庙施粥，此刻我已是饥肠辘辘，口燥唇干，两碗杂粮热粥下肚，温腹暖心。元气恢复，漫步寺庙中，与佛对视，忘尘世纷扰。突然，传来响彻山野的欢呼声，原来是阳光拂去了云雾，金顶上两座藏在雾霭中的庙宇立现，红云金顶，鸿运金顶，人们用谐音寓意美好。

抬脚踏山，之后的行程还有很多的山路要走，当然陡峭和高度上肯定不及梵净山了。古镇风光，苗寨风情，它们依青山傍绿水，山不老，水长流，我忘情了。

夜游镇远。河水浅了，岸边裸露出被水流磨圆的鹅卵石，大人在撒渔网，小孩在摸鱼虾，桥栏边站着夜钓的，大家都在感受取鱼之乐。木建的廊桥上，晚风里，有歌者在对唱，乘凉的人或听歌或聊天，随意，惬意。

在朝曦晨光中，在鸟语蝉鸣里，西江的千户苗寨醒了。我坐在风雨桥上看绿意葱茏的山，看清凌碧透的水，看几抹花红点缀在翠树上，看层级分明的梯田，还有往来如织的游人。

依山而建的寨子大多已做商用，还有的正在改造中。还好梯田依然在，梯田间游人不多，我算一个。绿幽幽的水稻精神抖擞地站在水里，长尖尖的辣椒热情似火。有人骑马，马是供游人拍照用的。一只山狗在溜达，不慌不忙，时光缓慢。迎面遇一背着竹篓劳作归来的农妇，全身民族特色的装扮，衣衫上还粘了片豆叶，前面的喧闹，到她这儿似乎被屏蔽了，但愿她内心的纯然依旧还在。

走进寨子的菜市场，融入当地人的日常。菜场门口两旁靠墙脚边是山民在卖山货，竹笼里山鸡嘶叫，山果、蔬菜摊在地上，还有薄荷叶和南瓜花卖，吾乡的菜场没见过卖南瓜花的，问了吃法，说是可以凉拌。里面有摊位，熟食生食皆有，熏肉、腊肠挺多的。半片黑猪撂在案板上，肥肉很厚，先前路过一家店前，看到有露天宰猪的，许多年未见了。

到安顺的那个晚上，同行李姐姐的战友为我们接风。28 年未见，28 人围坐一桌，觥筹交错中忆往昔、说今朝。深深感受到他们的战友情不囿于时空的限制，这份情谊不仅写在脸上，更是珍藏到心里了，它像水一样清澈且久远。

也是看过水的，有浩渺无垠的，有碧波荡漾的，有涓涓细流的，而此行所见的如此水势却是第一次，正值丰水期，看到了最好的小七孔的水，黄果树的水，龙宫的水，真的是壮观啊！是龙马奔腾，是石破天惊，是伟硕的雄性在天地彰显。

亿万年了，它就这样一如既往地翻腾奔涌，喷云绽花，不知疲倦，没有所图，川流不息是它的常态。水冲刷着盘根错节的树根，在这样的水中，石头早已没了脾气，水磨平了石，磨去了岁月中的锋棱锐角。68级跌水瀑布在小七孔声如擂鼓，捶在心头。森林长在水中，苔藓爬满枝干，藤如蛇缠绕树身，有种爱叫相依相偎。在黄果树瀑布幸遇双彩虹，在水帘洞中穿行，在龙宫的溶洞里坐船观景，真正体会到了“天下喀斯特尽在龙宫”的美妙。

热烈奔放的三角梅开得紫红浓艳，手巧的人将它做成花环叫卖，我买来戴在头上，美了一路。我知道，我的每步前行，都会为花的历程增添绚丽。我相信，我的每次远足，也都会让我的生命更加精彩纷呈。我的人生轨迹将会被它喂养得愈加丰盈饱满。

去海南看海

八月，飞过千山万水，去海南，看了海，看了不同时段的海。

发烧的太阳，向我的皮肤传递它的热度，我在燥热里往海的方向出发。

行程里的第一次观海，在玉带滩上，雀跃，慌张，震撼。面朝南海，蔚蓝是巨量的，海天一色，眼睛超载了，晃眼，晃得眩晕。冲进海水里，与海零距离，在翻腾的浪花里寻找到丰沛的乳汁，喂养自己，升华自我。粗粝的沙子咬着我的光脚，有些疼。玉带滩是世界上最狭窄的分隔河、海的沙滩半岛，已列入吉尼斯之最。转身，走向海对岸的万泉河，与其互换着灵魂里的深呼吸。河岸的沙子细腻，挠得脚掌痒痒的。河海，淡咸，静动，隔着沙滩各表心思。

坐船到分界洲岛，骄阳似火，海面平静，晕船，感受了无风也起三尺浪，还好很快就登岸了。岛上游戏项目多样，小吃一家挨着一家，在椰树的阴凉处，捧着椰子吮吸，目光早已抵达云天碧海。横卧在此的这座岛，不是与生俱来的，亿万年前大陆板块的挤压，海水的浸泡，浑身是伤的石头，时间给予它丰富的经历，让它肩负起海南南北气候、人文的分界使命，成为海南岛重要的分水岭，这是自然的智慧。因是大晴天，站在岛上，没有见到牛岭“牛头下雨，牛尾晴”的奇观，算是有点小遗憾吧。

拉高自己看海，视角不同，感观就不同。车子沿山路蜿蜒向上，在亚龙湾热带天堂森林公园，最佳的看海位置，沧海楼上临高观海，“天下第一湾”果然名不虚传。视线伸进大海，感受海水用透明净化我心灵，用清凉为我降温。展开双臂，海风在空中起伏，闭眼，深浅不一的蓝色向我走来，将我拥入胸怀。下山，在宽阔的沙滩，烫烫双脚，再一步步向海里走去，清澈见底的海水，像纯真恋情。这让我想起在机场安检时，排在我前面的那个不高不帅的小伙儿的笑眼和月牙般弯曲的嘴角，他一直扭头看着入口处，我顺着他的朝向，看到一位姑娘用同样的微笑与他呼应，“我的眼里只有你”在他们眼眸间动人流转。此时此刻，站在海水中的我，眼里何尝不也是只剩下亚龙湾这片海了。

天涯海角，四个字呈现出的遥远和孤独，那么明显。海里，岸边，石头耸立。石头虽说不高，却年复一年地接受海水的扑打，我看到它的巍峨，精神上的巍峨。倚在天涯石旁边的礁石身上，将双脚栽进沙子里，迎风顶浪，它们毫不留情地对我劈头盖脸，那就任由海浪拍打撞击我吧，浑身上下都是海水的味道，味蕾最敏感，咸。一切欲望被洁白的浪花卷进深海，眺望大海，茫茫无边。

因台风“利奇马”的影响，归程的航班被取消，从机场折回，又在海南多待了几天。有机会看了日出日落的海，静谧夜晚的海。

走进刚刚醒来的海，还带着惺忪睡眼的海，一轮新日正喷薄而出。晨时的海水有些凉，沙滩上有搁浅的归舟，有攀爬的厚藤，正是花期最盛时，花红叶绿，是固沙的好植物。蔓荆、蟛蜞菊、黄蝉各自长叶开花，岸上的龙船花，凤凰花在枝叶上热烈奔放。这些开在海边的花，每朵花里也有专属于自己的一片海吧，花开时的深情之音隐藏在阵阵涛声里，彼此惺惺相惜。

傍晚的假日海滩，落日下沉，海天之间被火烧样的余晖分隔开了。这是一个大型海滩旅游观光景区，椰林葱郁，沙滩洁净，游玩的人很多，休闲项目也多，我们加入其中。眼前就是琼州海峡，此刻我与它如此贴近。

夜深，天空拉起帷幕，将白云关进去了，它搂着海一起安静躺下，枕着浪涛打着鼾。它们的梦境是辽阔和清澈的，无数个细节，在其间沸腾。能与夜海相遇，很幸运。海，看过多少日月星辰？它清楚的。海的深处，天色旷远。

风执起海螺，对着望不到边际的海，吹起响亮的螺号，将海吹得波涛汹涌，吹得惊涛拍岸。我走向大海，将它收进瞳孔，与其交换心灵，人与自然的互相凝视间，养育出了遍地诗歌。

每到一地旅行，参观其博物馆是我多年的习惯。在博物馆里，了解了海岛的前生今世。挤压、撕裂、火与水的交融，与大陆时而相连，时而分离，在疼痛中分娩，在孕育中成长。

尽管琼州海峡像一道天然屏障，让这座岛屿孤悬海外。但在历史前行的漫漫征程中，云帆高挂，百舸争流，沧海横渡，人类在艰辛中摸索，认识海洋，征服海洋，使其成为古代丝绸之路的重要航段。如今，更是融入“一带一路”的建设当中，书写中华民族璀璨的海洋文明，让中西方文化交流源远流长。

大潮奔涌，航标清晰，历史在荣光里征帆再扬，放眼，万顷碧波之上是霓虹满天。

青青芦苇绕水忙

是春光已老，翠水渐生，绿肥红瘦的时节，去看湖，看的是大纵湖，在盐都。一行人向北走，绿穿帘透幕般注进车内，似乎握上能把空气都挤出绿汁来，夏就在旗声猎猎中，一呼百应地揭竿而起。

去的这天，有风，天不大晴，于游赏景致的我们而言却很惬意。观光的车辆满场，以为人多，进去看，却没有游人如织的场景，倒像是零碎的星散落天际，不是人少，而是湖大。漫步在精心设计的回廊中、小道上，看昨些时候还深浅相间的花枝，此刻由着绿意盎然，渐收了风光不做争斗。落地的残红被风卷起，横冲直撞得像个失了主意的孩童，还好有杜鹃花将它小纺锤样的花苞招摇过市热热烈烈地绽放着，为万绿点上撮红艳，小欢喜一番。

接着便去寻寺登塔，走在九曲桥上，手抚栏杆，石质的凉向全身漫开，心立时清明，清淡。俯瞰桥下的湖水，水草柔蔓逶迤，鱼儿自由地游走，蛙儿自在地弹跳。仿佛拖我回到从前时光，那个蹲在河岸边的女孩，痴痴地把澄澈的水，都看得生出风情来。举目看立在天地间的观音像，流云在其顶上飘行，似乎也添了祥宁和安乐。登的兴湖塔，是座为安宁而建的塔，寄托了淳朴百姓美好愿景的塔，每层一尊佛像，与之对视，寂静尘世自心生，纷纭俗世随风去。至塔顶，放眼望，辽阔尽收眼底，清清的湖水，轻轻的湖风，青青的芦荡迷宫。

置身于被誉为中国最大的水上芦苇迷宫，对着初夏的芦苇和湖水，看着一丛丛的芦苇绕着湖水，忙不迭地着新装迎风昭示，弯道一个又一个，在其间穿梭，恍若如梦。是湖水滋润了芦苇？还是芦苇映衬了湖水？许是它们日夜相守，情深意切，相辅相成，这湖水和芦苇也生了割不断的感情吧，会让你看得一团和气，满腔温柔，浑身朝阳。

此时的芦苇，新翠生杆上，为这季的灿烂忙碌着。似青春正当好的少年郎，竭力向世间展示他的光辉和锋芒，无畏无惧，不顾一切，直往向前，带着初生牛犊的闯劲。假以时日，受风雨鞭策，承日月精华，莽莽苍苍的气势会如破竹般涌来，澎湃得好像正当壮年的汉子，显露他的别样况味。而此刻微凉的湖风，抚过摇曳的芦苇，发出沙沙的声响，喜悦得宛若遇到知己。行在八卦阵样的迷宫中，芦苇的清新在弯绕的湖水相伴下，劈头盖脸地罩向我们，岔口、水道迷了双眼，以为柳暗，忽又花明。

曾经这片青色里浸染过鲜红，先辈们在这里与敌人斗智斗勇，浴血奋战，使之闻风丧胆。当下，我们正穿芦苇过，有野鸭野鸟掠过的野趣横生，有白鹭伫立船头的互视生情。人和自然的和谐守望，在碧澄的湖水中熠熠生光，在青翠的芦苇上娓娓吟唱。

绣在水上的菜花

从没这样看过菜花。半空中，俯视。水中央，仰视。

选在花期最繁盛的时候去的，日丽，有风。因为就近，在兴化，所以去得不慌不忙。八点才出发，也就个把小时的路程，不就看个菜花嘛，寻常得很，权当凑个热闹。于是车速不急不缓，其实路两边也有，也一样在燃烧，顺带看，算是热身。

快近景区，堵车。觉得有些好笑，看个菜花还要等，前面车不动，后面车还在接长龙，这才觉得，原来看菜花也是件隆重的事情。

蜗行到景区，游人如织，算是领教。买票进场，看开在水乡垛田上的花。与以往看的菜花相比，花还是那个花，却好似用针线绣在水上。原来真有不同，所以看花的人多，多得人挤人，人踩人，一片熙攘。

有陆路，有水道，兵分两处，加之花繁如海，人再密，美景也是不能够遮挡的。不似有些景点，人一多，就只是看人。

先步行观赏，累了再坐船。沿铺设的木板小道前行，登塔高看，一层一景，每上一层，视野更宽阔，成千的小岛立于湖中，无数黄花盛开其上，菜花将满身纯净的金黄直往天尽头燃烧着，是挠心挠肺的燃烧。这是美不胜收的巨幅绣屏，垛田上的花是哪些手巧的绣工，用智慧和辛劳在清澈的水面上绣得如此巧夺天工，让人惊让人叹啊！

下塔后，我们把身心抛进花海，时而驻足拍照，时而拂花而行，脸颊上、头发上、衣衫上，沾着黄色点点，小道上来往的人们也和我们几无差异。戴朵花在发间，在衣襟，爱美是不分性别，不分年龄的，相互看着，相互笑着。风大，笑声大，融在一起，那无数的花儿也跟着喜乐。

坐上船，摇橹的是大爷，撑篙的是大娘，一前一后配合默契。船进花海，弯弯曲曲的水道两侧，漂浮着随风凋零的花瓣，高于水面的菜花开在垛田上，仰头观。船驶过，是误入菜花深处，惊起蜜蜂无数。

和大爷交谈，问他这些水道是后来开挖的吗。他说，恰恰相反，原来这里水域丰富，泥土缺乏，勤劳且聪明的先人从水中取土堆田，种植农作物，经过世代耕耘，才有如今这样的规模。于是感叹劳作的艰辛，收割菜籽是件很不好干的农活儿，成熟度的掌握至关重要，过熟它们会自行炸开，就像烧菜，火候控制的好坏直接关系到菜的味道。而这水上垛田完全靠船运输，也就让机械耕作远离，纯粹人工，使每一粒菜籽的收获更显不易。

谈笑间，船已转过几个水道，因为风大，其间还发生了轻微碰船的事儿，两船天南海北的游人，用笑声打着招呼。也许多年后的某天，忆起菜花盛开的垛田，会记起，在垛与垛之间的水面上，蓝天下的笑声，还有幽香在菜花间，清水中，橹声里的摇摇荡荡。

听闻介绍才知，他们在花期摇船载客，过后就忙农人的活计。原来他们就是这幅夺目绣屏的绣工啊，用灵巧的手，精细的心，绣天绣地，绣山绣水，绣出一片壮丽。

逐春心

早春的风里，传播着游走的节律，春天的路线图上处处紧锣密鼓，参差错落，应机赴节。

东台，西溪，古貌展新颜，总是别开生面。

在这里，我透过一块砖一片瓦上的时间之痕，想象着它们曾经在烈烈窑火中的升华，那是水、火、土的互融共进，火焰催动，水土惊醒，在灼烫里砖瓦成型，出窑。砌起了海春轩塔和泰山寺，垒高了城墙，铺盖了屋顶，千年的风刮雨泼，霜咬雪啃，外表虽已古旧，身子骨还很硬朗。岁月的伤口匍匐在它们身上，一道阳光照射下，我看到它们的疼痛，是如此清澈，像春涧涓涓水。

晏溪河的驳岸石，它们抓住河岸奠定自己。一块块石头需要多少气力才能从原生地辗转至此，并能如此亲密无间地紧贴在晏溪岸边，石头联动起远去光阴中的枝枝蔓蔓，异乡也成故乡了。石上的凹凸，是它们的胎记，是它们的表情和语言。河水在流动，流动的时刻里，它将历史写深，写厚，里面人物众多，故事起伏。有名相荟萃，有市井寻常，还有因经营犁木生意而闻名的犁木古街。

枯木逢春，说的是那棵老槐，树干粗糙，裂缝纵横，参天树老自成围，在春天热烈的目光里，新叶萌发，用动容的颜色和品质来承接生命的开阔。古槐经历的事情太多了，真情假意逃不过它的慧眼，董永七仙女这段接天连地爱恋里的惊心动魄，被它全程见证，爱情里多了受阻的桥段，颇富戏剧性，也更能让后人传颂。当爱来临时，它就像蓬勃春天里的蜜蜂，扎进花里吮吸，爱情里弥漫的甜蜜遮盖了一切艰难险阻。我喜欢一座古城里住着一个经典爱情故事，很生动。

鸽群呼啦啦飞上天，在空中画自己，天空丰盈了，天空收藏了它们。盘旋后，又呼啦啦冲向地面，像一大瓢水泼下来，落在草地、灌木丛、石上。也有独自飞翔的鸟，云紧贴着它，亦步亦趋，鸟鸣和着翅膀起落张合。

春风在花草树木间，曲径通幽处横来竖去，通畅无阻。我让耳朵伸了伸懒腰，闲听时间咬噬枝条的声音，新芽泄露了春光，春天冒出来了。

西溪是丛书，春天是其中一本。春风吹翻着纸页，也吹拂起人们追逐春天的心情，随之起伏不停，汇涌激荡。

春郊绿

看西溪，在春的谷雨节气里赶来，赶来看它，看一个绿意盈怀的春。

在东台，在西溪，在植物园。

浓酽春光里万朵盛放，你看嫣红烂漫的桃花、月白纯净的梨花、金灿明亮的菜花、紫红欲滴的紫荆花、粉琢清美的杏花……在朝风夜雨中几个来回，一瓣一瓣地都悄然退下枝头，退进尘土中，退到光阴里，只为潜心暗长的叶片让出空间，是“褪花新绿渐团枝”啊！所以走到此刻的春，繁花刚落，果实未结，看似一副两头不讨好的模样，其实未必然。它多像一位尝过繁华，看尽风云之人，抛开纷扰，矮下身段，安身到低处，用内敛的方式热爱着生命。

这时的春，它把浓情收敛，将盛装叠藏，留一身澄澈见底的绿现世，如雨后天空般的素淡，纯粹，安静。是的，就是这份静美，如磁石样地将我吸引来，来到这个西溪的植物园中，坐一坐，走一走，听风听鸟鸣，看雨看草木，数云数鸟巢，不图所求，只想守住心中宁静。

园子很大，大到可以驱车行。车上看景固然可行，可这种方式的观景，虽说省了脚力和时间，却有走马观花的意思。我推荐步行，因为一些曲径通幽处，车辆不通，抵达不到，难免会心生遗憾。

不定专门选在什么天气里来，可丝雨斜风、云低上天晚的日子来，亦可在朗日畅风、烟树满晴川的时候来，都各有风情。

比如昨日来时，宫腰袅袅的雨丝扑面，天幕低垂，色调浅灰，一切都像隐在水墨画卷里。近绿墨浓，远绿墨淡，静气和远意在烟雨绿色里的萋萋草木间描摹开来。

春光走到此时，岸边的杨柳，绿得可以藏鸦了，开始吐絮了，“未若柳絮因风起”，当时谢道韫是用来比拟雪花的，把柳絮喻雪花，实为一绝。《牡丹亭》里那句“摇漾春如线”，说的是近观的柳树吧，它的绿在雨幕里，只要扫几笔就可挥成，是毛笔的羊毫子上最后一滴墨，在宣纸上疏淡洇开，徐徐而至。远观的柳树，拼的是量，是一种壮阔，是一种浩荡江水的气象，所以用“如烟”来形容更为妥帖。

烟雨微微中看湖水，看“池面绿罗风卷皱”的湖水，看诗中有画，画中有诗的湖水。是啊，芳草绿木的湖岸，映在水里，一派绿水逶迤的景象。归来的双燕于微雨湖上掠过，在空中优雅地划了两道弧线。雨的亲临，让这湖面也水阔风高起来，在俯仰流连间，空水共澄鲜。听闻因为环境美好，每年都会吸引数目众多的野鸭到此栖居，它们是要把这美景收入囊中，留在迁徙的途中细细回味，以解枯燥的行程吧？

又如今日复来，万丈晨光如瀑倾泻，天幕高挂，煦风暖人，蓝玉般的天空下是奔腾的绿，它们摇旗呐喊，攻城略地。占了地盘的胜利者，以怎样的姿态示人？值得思考。从凡如草木的生性品格上领悟一二，体现到做人的修养行为上来，不失为人生升华的篇章。

当从植物园的东大门进，向北弯行一小会儿，有专植琼花的园子，原来看琼花不一定要去扬州哦。在花事已近尾声的春季，它的出现，确实让人心生欢喜。没有艳红姹紫的浓烈气息，素白光洁是它的特性。披着露珠的八个如仙样的人团围一起，仿佛是清明俊秀的晋时士者，手持麈尾，在开一场清谈，又宛若才华横溢、身着白袍的诗人在吟诗作赋，还好像是风姿安详的文雅之人在凝神书法。雪样的色调浮在绿云上，不抢绿叶的主场，透着清凉，至简至朴。

可以把时间推至午后稍晚些，阳光不烈，有点西斜的韵味。缓步而行至竹园，绿竹猗猗，枝叶柔柔，凤尾森森，静谧幽雅，如果能独坐幽篁里抚琴低吟，定是美事一桩。只因它是“不可居无竹”中的竹啊，在未出土时便有了节，及凌云处时尚且能保持虚心，以不谄不媚，不争艳丽，不慕荣华的淡泊正直的风骨深迎人心。

当然还有许多各领风骚的绿在燃烧，在这个春郊的植物园内燃烧着。穿行其间的虫鸟鱼兽，趁着绿色正浓，闹恋爱的，生儿育女的，反哺的，渲染得世界更加缤纷，更加和美。

脚踩春土，踩得一片绿意盎然。春风仿若母亲绵软的双手，披梳着女儿如油的青丝，一梳一梳，梳出尘世温暖，梳出人间大爱。

在如此绿树成荫的西溪植物园里，找一个静气相和的人，一起而行、而歌。将这里的清新草木、澄澈湖水、亭台楼阁、曲径长廊，还有和煦阳光、淡雅明月、闪亮星子、舒缓微风、水墨烟雨……一一揽怀，将疏朗、淡泊、清逸由心而萌。

如今这苍苍莽莽的绿，还是那从数千年前的根须上绵延荡开的绿吗？是的。它抵住风霜的侵蚀，越过荆棘的牵绊，在时光的隧道中艰难前行，以饱满坚实的蓬勃姿态傲然于天，于地，于西溪。

在古镇牵时光而行

这个秋日，去了趟安丰古镇，意犹未尽。

途经的次数多得记不清了。特意来，以最近的距离看古镇，不过四次。或走马观花，或细品慢嚼，其中趣味，各得妙处，不尽相同。

时光深处，海影远远的，浩浩汤汤，横无际涯，有动感，有气势，无垠的浑黄里，龙腾马跃。曾经是何等的翻浪倒海，何等的奔涌恣肆啊，可都敌不过时间之手的搓揉，海水步步退，退成滩涂，退成农田万顷。

翦草莱，地不再荒芜，渐有人烟，渐有街市。

煮海为盐，围堰晒盐。“白头灶户低草房，六月煎盐烈火旁。”盐民汗滴如豆，盐堆洁白如雪。阳光下的盐粒泛着光芒，麻袋装盐，运上船只，鼓囊囊的麻袋里装载了道不尽的辛劳和辛酸吧。有年在扬州，站在盐商的故园当中，那雕梁画栋的精致里分明有盐光在闪烁。制作麻袋的麻，是贴地而生的草本植物，物尽其用，麻制品与生活日常紧紧相依偎，即便它渐渐淡出历史，而时间的烙印里，它鲜明有力。运出去的是盐，运回来了“三关六码头，九坝十三巷，七十二个半庙堂”的繁盛壮观。

秋空宜人，秋桂宜人，隐隐的桂香，在流动。和我家满园的桂香有别，我那是以量盈人。前者是小酌怡情，后者是梁山好汉式的喝酒，不醉不归。醇香里，我听到晨钟暮鼓声自昔时传来，传来的还有艄公纤夫的号子声，引车卖浆的吆喝声……黄石板街的两旁，店铺林立，商贾云集，好一个摩肩接踵，好一个熙熙攘攘。

这里的青砖青瓦是历史的见证者，它们在沉淀，再沉淀。墙体斑驳了，青瓦也老了，老成黛色，幽深的岁月里，苔藓上了瓦，瓦松上了瓦，猫儿也悄无声息地爬上瓦，它透过天窗向下看，看到的是一屋宇的烟火生活，生机盎然，热闹极了，日子就这样朴素又充实地过着。屋里的人仰头抬眼，看到了天蓝云白，看到了雨落成花，看到猫的脚掌，看到鸟的翱翔。一只喜鹊飞出它的窠巢，停在屋脊上刚拢好双翅，猛地与迎面的猫对视上，心一紧，扑棱着展翅飞开，几个起落后停在有六百余载的吴氏显卿古井旁，轻啄了几口洒在井边的水，缓了缓神。鸟翅掠过爬上墙的扁豆藤叶，簌簌声响。时光里回望，我仿佛看见那个满腹诗文的普通农人，负手而立在大悲庵的扁豆架旁，彼时板桥先生的心中也住满秋风吧，扁豆依旧在。逶迤走来的生命，繁衍蓬勃，生息不止。

雨天的、雪天的青瓦呢？又会是怎样？大珠小珠打落青瓦，濡染开了，生花成烟，烟水迷蒙，绝好的一幅入画雨景，水墨点点。雪是层层铺就的，它以青瓦作画纸，而青瓦之上的白雪又成了猫和鸟雀眼中的宣纸，以爪代笔作画，朵朵白梅，枝枝竹叶，瓦上有痕。

我在秋天来看古镇，在四季里最馥郁饱满的时候来看它，看古迹，想旧事，心中有一行大雁飞过。

长假最后一天的下午来的，独行。没赶上人海如潮的热闹，倒也别有滋味。游人渐稀，我一人在吴氏、鲍氏、戈氏的旧宅里，透过物什可见世间的镜像与投影。时间若为书的话，想来这本书里写满了苦难与荣耀，忧伤与喜乐，风云大事，俗世琐事，像瓜串生在藤蔓上，有大有小，有好有差，着笔书写，浓墨处见骨，淡笔处有形。刚穿的新鞋踩在鲍氏大楼的楼梯上，“嘎嘎”声中新旧喜相逢。不拍照，我用眼睛刻录进记忆，墙角花架上的墨兰看到了。曾经有多少物事在这座徽式建筑里洗淘？时间浩渺里，还好有文字记载。有记载的还有布衣诗人吴嘉纪的千余首诗，他烧盐，他清贫，他写诗，他富有，人生昧履，砥砺而行。

遍地流连，处处忘返。

串场河的两岸站着的芦苇，有风时摇曳，无风时凝神，造型简洁，神态单纯。昔日河上繁华喧闹，帆影连云，舟楫如织，帆张得满，扬得高昂，两岸的田园风光坦荡且错落有致。

我走在堤西的稻田边，一片金黄，和阳光相融相和。秋的风，虽已灌注了金属的凉，而眼前稻田的底色却是暖的，稻香随风钻进我的每个毛孔，芬芳熨帖着肌肤，安静的心在沸腾。我蹲下身子贴近一株水稻，细细数着稻穗。这片滥觞于海的大地，我一脚一脚丈量着，放眼看，新的历史正在书写，古往今来，古繁今盛，历久弥新。

古镇在时光里行走，时光在古镇里驰骋。在这里，我与时光融融泄泄，牵手同行，纷至沓来的脚步声中，有花开鸟鸣，有清风徐来。

陌上翠桑傍绿水

是金钗之年下的苏杭，在一栋年久的古式木楼旁，与一女子擦身而过。容颜过眼如烟，而那身万般旖旎的衣裳，擦过我脸颊时的细腻柔软却是深记。其时的我，是“蓬门未识绮罗香”啊。

后来读到“遍身罗绮者，不是养蚕人”，虽说有股辛酸自诗中溢出，但也知晓了，原来那如云彩样美丽的衣衫，是从蚕嘴里吐出的丝织成的。

《魏风·十亩之间》写道：“十亩之间兮，桑者闲闲兮，行与子还兮。十亩之外兮，桑者泄泄兮，行与子逝兮。”远在几千年前已是如此一幅规模可观，热闹和谐的采桑图，何况时空跨越至今，更是恢宏壮大了。

我的桑梓之地，在有着“中国茧都”美誉的富安。放眼观，田野里数万亩的桑园，傍在玉带样的串场河两岸，把河水也映得碧波荡漾，逶迤流淌。桑园里三季别样的翠意更迭，绿波如涛，投身其间，似星落大海，打捞不到。这方蚕的粮仓在平原大地，绿水清风中生机盎然，蓬勃成长。

当暖风暗送，历了一个寒冬的桑树，接到讯息，抽枝、催芽、展叶，随着春阳融融，愈发苍翠碧绿，为还在睡梦里的蚕们，添柴加火，烹饪美味。蚕对生活质量有很高的要求，桑叶洁净，室温适宜，定时消毒，严防疾病侵扰。短促的一生里，它们尽全力不辜负蚕农的艰辛，勤恳食桑叶，为丝方尽做最后的凤凰涅槃。

茧都富安，已建成的关于茧丝绸文化的景点，内容丰富，流连其中，忘了思蜀。在丝绸文化馆里，对丝绸文化的传承和弘扬有了全新的认识。接着是采桑问茶园，在这里仿佛置身于桑树的王国，惊讶，惊叹。还有染整园、丝绸园、丝腺园等。感触最深的是丝腺园的制丝过程，让我对“抽丝剥茧”这个词的理解，从抽象到形象。热气蒸腾的厂房里，机声隆隆，蚕茧在沸水里翻滚流动，工人们用灵巧的手，抽出根根用汗水灌注的丝线。如雪山般的蚕茧，经过选剥、煮茧、缫丝、复摇、整理等工序变成白洁如玉的真丝。

沃土生长桑树，农人用其叶育蚕，蚕作茧抽丝，丝线织成柔美斑斓的丝绸，最后成衣，为人间风景增彩添光。茧都富安，在碧水青山里，在大地白云间，在世界的片片角落上演着幕幕陌上翠桑傍绿水的美丽。

绿树村边合

怎样形容这里的绿？就用倾盆如注吧。

一踏上这方名叫新街的土地，似乎就不习惯了，真的不习惯。也许是被横行日久的灰暗占据了太多的时间和空间，眼前的绿，恣肆蓬勃，如墨泼洒，置身其中的我，像个从高原刚至平地的人，习惯了稀薄的空气，如此的稠浓倒真的让人无法呼吸了。

这里曾经沧海，这里此刻桑田。沧海里，沐浴过汉唐的阳光，吹拂过宋元的清风，踩踏过明清的步伐。桑田里，一群又一群、一代又一代的拓荒者来此耕耘，他们洒翠泼绿，卷黛翻青，左冲右突，深植根基，种出富庶的绿来。

绿是这里的气质。

那棵百年老柳由里至外就散发着这种气质，它何时到这里安身的？据说是张謇来此拓荒时手植。池塘边的它，历风雨锤炼，尽管身子骨早已倾向水边，佝偻着，但虬结的枝条如手掌般托起了半空新绿，这个姿势很执着，看似年迈，却依旧未失铮铮英雄气，是老骥伏枥啊。百年光阴，将它的神态养就得“威而不猛，恭而安”，它经历过多少人事万物的淘洗？没有人细数过。立于其旁，我仿佛看到，它被柔风绵雨轻抚时的你情我愿，与电闪雷鸣交锋时的无惧无畏。当然也有失手之时，曾经就有那么一次被雷劈得以为就终了了，到底是驰骋疆场的老兵，掸掸身上的风沙，刷刷衣衫的霜雪，一个折转，坚实饱满的身姿又发出灼灼亮光来。这棵水边柳，它迎了那么多的日出月落，一定也生出了许多心思吧。红尘浮沉，它在看，它也看到了，它是往心底看着的，它的年轮像冬眠的蛇，卷成一圈又一圈，隐在树身里禅坐。暮秋初冬时，它鸣金收兵，将满身腾腾豪气敛起，再有战斗力的部队都是要养精蓄锐的，要不然如何能在未来日子里巍然挺立、铿锵流淌？它用树根抓牢着这片朝气的土地。

横无际涯的绿，昭示着生命力的绿，在这里被孕育得舒展且从容，鲜活有力。逾万顷的区域里，屹立着数量庞大的树木，无数条生命线在地下盘根错节地行走，而地面，哪怕一片叶子都深藏着这里独有的记忆和精神。因为绿树铺排，由此有了苍翠覆盖，也就有了蓝天白云、水清风明，滋心养目啊。

初春时和友人来过，她回故里，我随行。其时寒气尚存，芽枝未醒，还好常绿树撑了场子，尽管没有满树丰腴的绿，倒也不显得萧瑟冷清。隔了一季，这次初夏重游，熟稔自生，绿意满怀，花香四顾，明丽得无杂质的绿，那样的透明，那样的轻盈，是鸟翅掠空般的透明和轻盈。树密鸟多，不时有飞鸟扑棱一声，点水而过，缀满光点的水面上于是流金溢彩起来，过些时日，虫鸣，蝉噪，蛙叫，萤火虫飞舞……生命的张力以更浩阔的方式在前方铺展开来。

方东村紧邻镇区，是一个被绿色环绕的村庄。现如今，全国自然村的消失以天计算着，其中，包括一些传统村落，和那些拥有悠久历史的村落相比，方东村实在是年轻，甚至是稚嫩的，尽管它没有太多古迹斑驳的建筑群，但这恢宏浩荡的绿，衍生出了当下新街人的土地情怀、民俗文化，它是生机勃勃的。新街人是勤劳的，栽种树木为他们带来了实惠，而今，当地政府正在积极打造旅游动线，届时将会迎来更多远方的客人来此游赏。我们一行人在新修的水泥路上闲游，其间有段小插曲挺有意思的，有块路面堆放了些泥土，在旁劳作的树农忙解释，由于正在移植树木，才致路面不洁，昨天这里可是干干净净、清清爽爽的哦。由此看得出新街人是真心想要打造好这里的旅游事业，从我做起，其实是个说易行难的事情，然而可爱的新街人却在认真践行着。

漫步在树木之间，感慨油然而生。有意为之的细节，处处彰显了当地所要传达的绿色生态理念，如挂在树腰的小木牌上张贴的二维码设计，将信息化融合进来，方便来访者的认识。见到红豆杉和碧桃做了不远的邻居，甚是有趣，“红”“碧”二字的视觉冲击，是撩人的情态啊。曲径通幽处的每座青砖小桥，一砖一瓦，构思精巧，朴拙古雅。来此消闲的人，就像踩在一段洁清的古早岁月里，此时那些万壑嵯峨间的尘世纷扰，风烟俱净。

“绿树村边合，青山郭外斜。”即便这里少了青山，亦无妨。平畴之上，空气纯净，森翠满目，清流潺潺，村落幽宁，我要让自己的呼吸里灌满花草树木的气息，净化肺管里积聚不散的浊气，让不远处九莲寺的晨钟暮鼓携随清风送耳，改良日渐朽钝的听觉，让躁动不安的心，静得不落一个标点。

大地生绿

站在这古老又年轻的土地上，侧耳倾听澎湃之声从远处传来，用心感受绿色之音在身边沸腾。

这里曾经巨涛翻涌，海浪势如奔马，是那样的桀骜不驯；这里曾经罡风嘶吼，雷霆动天，是这样的豪情万丈。如此激烈，如此雄壮，将心冲撞得高高跃起。

年深日久里，大海抹去性子，东退、东退。岁月在磨合，广袤无垠的平原从海水中缓缓凸起，这是自然的造化。开垦荒地，植树造林，这是人工的伟大。

漫步在黄海国家森林公园，看年轮不一样的树木，看蕴涵不一样的叶片，听鸟儿把声音交给蓝天和白云，听虫儿把声音交给草丛和花朵，而我就将我的歌声交给大地和绿色吧。

俯身贴在这片土地，会发现上面密密匝匝写满“生长”二字，生命在这里的坚韧和强健，难以想象。

好友的先生一家是20世纪70年代的“东迁户”，从鱼米之乡到辽阔的海边，说不恋故土那是假话。当然，生活要继续，生命要繁衍，一粒种子，无论落到怎样贫瘠的土壤，都会想方设法开花结果，何况人乎？他们家离黄海森林公园不远，我刚工作时的单位离这边也不算太远，所以经常去玩儿，那时他们还习惯沿用“林场”的旧称。这片林场对好友的先生来说，陪他度过了整个童年和少年时光，留下了太多的记忆。在那个年代，一个“东迁”人家的孩子，几乎所有的娱乐活动都与大自然息息相关，每天进行着“森呼吸”。这里除了田地、亟待开垦的荒地、树木、水流，好像也没有其他什么的了，简单，清新。下河摸鱼、摸虾、摸螺蛳，上树掏鸟窝、逮知了，钻进林场里，野鸡在眼前飞，野兔在脚边蹦，盘成一团的蛇，蹿跳的獐，晨昏时分可见的狍子……那颗素简且纯净的心，朝着阳光敞开胸怀，在丛林草木间无忧无虑着。

后来他在外求学，定居江南，再后来返乡创业。每次路过这片林，都能让他眼前一亮，而且亮光会长时间地在他的眼眶里炽热着。这里变化了，变得更加精彩纷呈；这里又未变，那是因为绿色依然，初心依旧。

回乡的路一年比一年好走，平整洁净的柏油路面，两边的参天大树，华盖如伞。再也不见从前的扬尘四起、掩鼻遮面而过的浑浊呛人的场面了，印象往深里推送至还是土路时，一辆机动车开过，车后好像微型沙尘暴般。而现在车轮压过的路面，都能闻到绿意被溅起的草木清香气。

黄海森林公园的植被种类繁多，很丰茂，都源于未被过度开发的良好生态环境。我的同事曾作为地方协作队员，参加了全国中药资源普查工作，当时每块样地的选取都是通过卫星自动生成的，黄海森林公园就是其中之一。那次他们幸运地在路边发现了此次普查中的重点品种——杠板归，当然还采集到了许多其他品种。野生中药材能在此落地生根，是良好生态的有力佐证。

如今这里是热门旅游景点，不仅能打造好大场面，还能从细节创意入手，提升旅游竞争力。在开发利用资源的同时，注重生态环境保护建设，是用发展的眼光叫响旅游品牌，将旅游做出境界来。

绿，始终是这里的主打色，它从大地拔地而起。夏天伊始，绿意正畅，阳光在树叶上敲打起细碎的鼓点，鸟儿应着节奏放开歌喉，韵律和美。浓稠的绿伴着风，起伏跌宕，蜿蜒翻卷，将自己密集地镶进天地间，如此这般，处处生绿。

流淌是下河的印迹

风过之处，河水流淌，漾动两岸盛景。

从遥远的唐朝走来，修筑海堤时形成的复堆河，宋代串起十大盐场，称之串场河，又叫下河，承载着航运、灌溉、排洪等重任。它是梦想的来处，又与滚滚前进的时代轨迹紧紧相连，历史在这一河清流中用波光潋滟触摸下河的岁月，留下印迹。

河有河的苦难征程，民间谐音“穿肠河”，见字识意，可显其里的血泪交融。海水倒灌，良田遭淹，荒凉遍地，取土筑堤，挖土成河，“堤成后滨海泻卤皆成良田。柬内水不致伤盐，隔外潮不致伤稼，农子盐课，皆受其利。”勤劳的人们，前赴后继，用智慧和辛劳，筑成了一道民生堤，同时成就了一条河流的兴盛，堤和河，两者唇齿相依。黄海的胎盘孕育了海盐，盐民每滴汗水里的苦楚，不动声色间，随白花花的盐粒，南来北往，河流之上，舟楫蚁拥。

千余年的时间里，载沉载浮，一条河流的充沛和枯竭，大抵与它的功用密不可分。屡次疏浚，多次裁弯拓浚，耗用人力不计其数。南起通扬运河，北入射阳河，以东台的海道口分界成南、北串场河。沿途滋润出的生机勃勃，丰盈着时光。

河流像血脉，在大地的身躯上汩汩流动，所经地，生命应运而生，无处不在。时间和空间的地图上，都已经精准地拓印出它的流淌轨迹。从第一棵草木的发芽，第一丛花儿的绽放，第一只鸟雀的鸣叫，第一缕炊烟的升起，第一间店铺的开张，第一个集市的形成，然后是村镇、城市……它们就像泊在河岸的美梦，见证了一个又一个滥觞于此的传奇，白纸黑字，落笔风云。

河岸外延的广袤地域上，星罗棋布，楔入对生命的洞彻，仿佛印章戳盖大地。

我的桑梓之地——富安，土壤肥沃，桑树成林，是串场河上的一颗闪耀明珠，既拥有千年传承，又洋溢现代气息，是闻名世界的茧丝绸之乡，有“中国茧都”的美誉。从唐时的丝线纺，发展到被中科院推广的“富安模式”，时间见证历史和未来。

当春风还带着寒气时，它已将桑园的芽苞吹醒，谷雨过后，园内的绿叶汹涌起来，绿意浓烈。养蚕的这段时间，采桑喂蚕，交替进行，蚕的一生短促，在世间，它除了睡就是吃，蚕室内“沙沙沙”的食叶声，似小雨淅沥。从自家桑园的面积，推算出这一季要养多少蚕，基本上不会有大出入。蚕对桑叶的质量要求非常高，潮湿的、沾染农药的，都不能食用，误食后，往往是全军覆没的惨状，劳动辛苦，生活不易。所以一个地方如果要养蚕，几乎是户户都养。约定成俗，不养蚕的人家，种植的庄稼如在桑园旁，养蚕期是不能喷洒农药的。孩子的奶奶养了几十年的蚕，随着年事渐高，已将家中承包的土地流转，今年的春蚕就没出售，做了几床蚕丝被，算是留个念想吧。“春蚕不应老，昼夜常怀丝。”这是位女子的爱情告白，用春蚕寄托她的一往情深。

山一程水一程地走出家乡的人们，无论在多远的远方，他们的乡愁里总会有一碗鱼汤面的鲜美，即便他阅尽美食，鱼汤面依旧会是弥散在心底最深的眷恋，徘徊又徘徊，不肯离去。富安的水、鱼、面，缺一不可，它们的联袂配合，决定了鱼汤面的走向和变化。当星星还在擦洗夜空，天边还有一枚弦月悬挂时，忙早市的人已离开被窝，精心熬制，汤白汁浓，滴点成珠，鱼汤这种液体，诱惑着你的味蕾，入口下喉，渗进血肉，温暖有力。

多元纷繁的世界中，我愿倾心来阅读一条河流的千年。逶迤的时光里，沿河的人、物、事在稠密紧实的细节中，随水路流转。

与一座古镇相遇在烟青色的风中，风里有水淋淋的湿意，水淋淋的诗意，镇是镇，水是水，它们投射到彼此的生命历程里，难舍难分。

穿行安丰的街巷，在现实和历史间切换，交织的人物，交叠的场景，交错的时空，盘藤牵丝在我的脑海。过去的繁华，应该铭记，不必沉迷，古镇用开拓进取来回应日新月异的变化，阔步前行的时代让这条河流扩增了它的活力，不时泛起涟漪，溅起浪花。

这座小镇从南唐升元元年迈开步子，它的推动力来自海陵监的设置，监管南北八大盐场，这是公元 937 年的事情了。之后至宋，新修范公堤，再后明朝时的安丰，已然成为闻名天下的“淮南中十场”盐场之一了。明清时更是兴盛，如冰似雪的海盐，经串场河航运，通达四方。

坝、巷、庙堂，横来纵往，相依相偎，坝有坝的风姿，巷有巷的面貌，庙堂有庙堂的庄严，竞相风流，南北七里长街上的繁华，在下河水波的见证下，联手打造出了“九坝十三巷七十二庙堂”的景致。聚集的八百多家大小铺面，经营着茶叶、油漆、绸布、瓷器、旱烟等各地南北货，真是百业俱兴，行栈林立，商贾云集。

推开历史的大门，翻开册页，看到那么多的文人墨客、达官贵胄、武将帅相曾于此汇聚。“人杰地灵”在这里一次次地被使用，范仲淹、王艮、吴嘉纪、郑燮……一个又一个才俊，他们的璀璨夺目随琅琅书声，悠然穿行在巷南巷北。清凌的河水听过，厚重的黄石板听过，嗒嗒行走的骏马听过，精美的雕花窗听过，拙朴的青瓦听过，典雅的灰墙听过。千年文脉里，早已浸润了胼手胝足的艰辛和赶潮追风的开拓，浇不息、割不断的人文薪火啊，在相传，再相传。

青苔爬地，老墙斑驳，砖缝生草，老人打盹，街坊四邻下棋、打牌、聊家常。秋后的某日，我曾很热忱地去贴近过它，有意为之地去怀旧，苍老在时光面前无所遁形，旧得让人心生隐痛。

修缮的号角吹响，古镇如古籍，哗啦翻开一页。

葺新的古街，值得你去踏访。青瓦灰墙，石础屋檐，幽巷古井，晨钟暮鼓，名人故居，隐逸古朴得难掩光芒。盐码头、大悲庵、盐课司、古戏台、中华烟标馆、麦秸画展示馆、毛主席像章纪念馆等，是古镇老时光的切片，它们从岁月深处流淌而来，与时代足音激荡交响，有声有色。幸好，它没有像云一样被流年的风吹散，也没有被现代文明所淹没，反倒与现代文明相融相合，焕发熠熠光彩。

历史景深里的宏阔，无论曾经多么的天高水长，花团锦簇，又或是有多少生命的逝去，而这条河流依然鲜活着，在流淌中坚守，不中断，不干涸，这是多么的弥足珍贵。时间的轴上，彼岸此岸，空间的轴上，延伸去来。

高空鸟瞰，绿荫夹岸、草花烂漫、沃野连绵、炊烟袅袅、屋舍俨然、道路平阔……串场河飘逸的玉带上，绣着“春华秋实”的绮丽绣片。河水奔流，碧波荡漾，不绝不息的生命力细密地渗透进日夜流淌的河水里，又散发到河之外，遮掩不住的生动，已让一条河不仅是河的概念了。

上善若水，水利万物。串场河的沿线提升，颇具历史眼光，一条河的新生，会让我们对地域文化有更深入的了解。尽管自知力有不逮，但还是想用笔触来相遇这条千年河流的浩荡，呈现它的春生秋色，风起水涌，它有过的喧闹直接，低语沉吟，它曾经的披荆斩棘，卧雪眠霜，它不屈之姿下的意蕴深永。站在岸边，眼底寸寸印染出的画面里，苍穹辽远和着细碎的阳光，将一种看不见却又无所不在的力量渗向大地万物，一望无际。

泊在水边的村庄

去看一个叫周黄的村庄，一个围绕着条龙河滋生开来的村庄。

村子悠久，久远得听一声鸟鸣跌落在宽阔且清澈的水面上，就恍若千年已过。如此秀水，孕育了枕河而居的周黄人从容的心态，于是他们在水波里扔下了无数吟唱。

周黄村在东台的溱东镇，原先不叫周黄，而今的村名出自周如学、黄宝香两位烈士的姓氏，为纪念他们，以“周黄”两字命名，让人们铭记。

站在条龙河的桥上，静，美。垂柳傍岸，红瓦白墙的楼房倒映水中，水中便生出一幅画来，几只小鸭追逐嬉闹，凫水而过，于是这幅画就在水中荡荡悠悠、荡荡悠悠。心定定的，思绪却横穿，飞翔，奔腾，跳跃，出动任行。这里盛满风情，春日，古木阴中杖藜过桥，春雨淅沥，可洗心中尘埃。夏时，荷风送香，竹露滴响，开轩闲卧，可涤耳间俗垢。秋际，即便众芳归隐，却有秋水长天，收获繁忙。冬季，与君对酌，屋外落雪纷纷，那就来个，我醉欲眠卿且去，明朝有意抱琴来，甚好，甚好。

天大静，地大美，人大成。在这样的地方，走走，看看，感受这里丰富的光影和层次，再听听那些浸润其中的故事，它们被永远包裹进时光里了。

上岸，向西，过一座青砖扶栏的小桥，村中行。一脚就迈进了老村庄，掉进旧光阴里。在原有的基础上加以修缮，维持古朴原貌，这种见地，难能可贵。巷道幽深，用青砖铺就，随意在其间穿来折去，安宁静谧里，清晰地听见一颗心的苏醒之声。尽管空间有些逼仄，小小的院落里，也会安放几株盆栽，或在院墙脚种几丛花草，用绿意、嫣红来点缀这份闲情逸致。青砖拱门上，睡着数条丝瓜，有田园风。雕花窗格上，被烟火熏得有些年代感了，临近饭点时，听见锅铲相碰的声音，阵阵饭菜香，已飘出屋外。

这里住的大多是老人，老房子居住惯了，都是知根知底的街坊老邻居，想串个门、唠个家常、打个小牌什么的，很方便，儿孙们住在新居，离得不远，随时走动，挺好的。再有就是，村里对老村庄进行了环境整治，沥青路面，砼驳岸，新建安装了路牙、雨水管等，这些民生工程的改造，诉说了一座村庄的温暖。

凡是过往，皆为序章。日月交替，岁月无尽。循着历史，抵达未来。

这里有清流沃土，有幽花茂林，有荷风菱韵，是适宜人居的温润摇篮。正在大力推进的水上“一片林”，滨河风光带等建设项目，让“村在园中，园在水中”的水乡特色处处彰显。

被确定为乡村振兴试点村的周黄，“新社区、新园区、新环境、新生活”的四新工程，是他们的目标定位。走走停停，不觉间已到了配套齐全的新的集中居住区，心中生出歆羡。城有水则秀，居有水则灵，水清，树绿，花香，路净，新楼整齐，渐次排开，在保持传统建筑特点的同时加入新元素，造型风格新颖，布局错落有致，单门独户，美观实用，符合农村的居住习惯，清新美丽的画卷于眼前徐徐展开。

灵秀之地出英雄俊杰，人物和地方是有着某种必然联系的。这里是鱼米之乡，芦苇密布，水道纵横，烈士们的鲜血曾染红了清澈的水面。人们不会忘记他们，在新农村的建设中充分发扬红色精神，红色基因在这里得到传承。由源起、源涌、源聚、源融汇集成“红源”的党建品牌，将成为周黄的一张“红色名片”。深挖红色内涵，借力水资源，打造红色生态旅游，周黄之美将会传播得更广更远。

这里是美丽的村庄，这里也是创业的乐园。乡村振兴，产业先行，不锈钢特色产业的发展，是周黄的另一张名片。大多数村民将土地流转，然后进厂务工，产业园区内还吸引了外来务工人员。流转的土地上，特色农业发展，如火如荼。

就像阅读一本节奏紧密，叙事高昂的书，你对周黄会生出阅读的兴致。又如在攀爬高山，周黄一直在更宽畅、更美好的路上登攀，始终保持升高的状态，如今村美、民富、产业兴的周黄进入了它最美的年华，还有更美的年华在未来的路上正向它招手。

阳光洒在河面，满河绚烂夺目，河水暖红，如万斛胭脂泼下，柔风吹拂，一河清流用水波的洄荡来应答时代的问话，一个村庄，能泊在这样的水边，真好！

开庄遗址：不朽与岁月共存

层叠向下的铺展间，时空万绕，龙山文化时期的遗存，直接叠压良渚文化晚期的层位。在江淮东部，在东台市溱东镇的开庄遗址上，第二次田野考古发掘中，首次发现了这一叠压关系。这片苏北里下河平原的水荡地区，四面环河的圩田中央，我们的先民已在久远的新石器时代，就于此生息繁衍，堆积丰厚的文化。

几千年前的海风，离这里更近，它的凛冽，它的呼啸，落在劳作的先民身上，落在他们使用的物什上。时光漫漫，河流纵横交织在大地，它就像是早已化为尘埃的先祖，留下的血脉，奔流不息，向来日迤逦。

进入“开庄”的牌坊，路边一侧的镌刻着开庄铭的石碑，为这片土地验明正身，字迹有些斑驳了，斑驳生古意。

1995 年遗址被发现，将东台的人类生存时间向前推进了 2000 余年。从发现到抢救性考古发掘，由于组织迅速，措施得当，让我们有幸看到了深藏地下的宝贝：有水井、柱洞和灰沟等遗迹，出土了石斧、玉凿、骨镞、陶鼎、罐、盘、钵、碗等器物 420 多件。2018 年年底再次对开庄遗址进行的考古勘探发掘中，共发现各类遗迹 51 个（组），陶器、石器、玉器和骨角牙器等 200 余件，还有大量带有砍砸、切割、磨制和钻孔等加工痕迹的动物骨角料。近五千年光阴里，它们就这样沉埋在黑暗里，任时间发酵，等到合适的时机与我们会面，把自己交给阳光。

在东台博物馆内的灯光照射下，它们住在明亮的玻璃橱窗内，朴拙，大方。从这一个个静物身上，努力拼接它们的曾经，生息劳作的图景历历如绘。

时光荏苒下，贝壳、麋鹿角没有腐烂风化，这归功于覆盖其身的泥土，在它层层保护之下，成了先民从事渔猎等生产活动的佐证，捞鱼、采贝、狩猎、农耕，果腹才能得以生存。

就地取材，捏土烧陶，把奇思妙想付诸手中的工具上，在罐、鼎、豆、盘、钵、壶、盆、瓮、甗、杯、器盖和纺轮等器物上刻画出弦纹、绳纹、篮纹、水波纹、菱形方格纹、附加堆纹、刻划纹、戳印纹、镂孔和捺窝等加以装饰美化，各种纹路来回间，勾画手法，疏淡有之，繁复亦有之，爱美的先民将绚烂的想法一一呈现。在陶器史上，新石器时代是最原始和最古朴的阶段，即便粗陋，仍具审美。

三足鼎，可烹煮、盛贮食物，又可兼作祭祀上天和祖先的礼器，一物多用。祭祀活动是先民生活中的重要组成部分，祭神祀祖、祈求生存发展，赐人以福佑。在一个个虔诚肃穆的脸庞上，念念有词的嘴巴里，深深弯下的腰身中，跪拜在地的虔敬间，表达了对脚下土地，头顶苍天，心中神灵的敬畏和感恩，祈望能收到他们的心意。

黑陶器表多打磨光亮，这是下的细功夫。当然，此时每个工具的制造，都是在研磨人的耐心，慢工出细活下打磨出了石镞、石镞、石刀、石斧、石凿等。博物馆石镞的介绍：柳叶形，古人主要用于狩猎和战争的一种兵器。弱肉强食鲜血淋漓地映射在一枚小小的石镞上，生存竞争推动生物进化。本地无山，出土的石器、玉器从何而来？先民们用他们细瘦的双脚，又是怎样何其艰辛地跋山涉水来到这儿？所有的血雨腥风隐藏在“迁徙”里，简单的两个字，是用生命在书写，胼手胝足，勇敢奋进，一场场的接力赛如海浪，奔腾着，咆哮着，前赴后继，正因如此，才有了如今千秋百代的瓜瓞绵绵。

长天落日里的遥望，耳畔疾风的嘶吼，襟河带海的生生不息。先民们把鲜明丰盈的想象，倾注到每件工具的制作和使用上，饱含了无尽的智慧和热忱。一橱窗又一橱窗的文化碎片，幽光沉静，载存着厚重的讯息，不禁让人屏气凝神，不容分心。它们周身囤积着持有者的手泽和气息，历久的摩挲，飘浮的灰尘，早就浸入骨子里了，层层积淀出的包浆的温存旧气，刻骨铭心地融进水沁土埋的悠悠岁月中，不肯离去。开庄解开时间的封签，拍去尘土，记忆洇染在它们身上，只见人文薪火不灭，历史血脉不断。

血脉、文脉在延续，这些不朽都会让你激动得想用温暖的笔触来描述，数千年的时光绝尘而去，笔尖像蜗牛的触角，探向久远。有些事情，说不上是偶然还是必然，就像传奇故事一样，澎湃着你的心怀。如果没有因圩中为利排水而开挖河道，河道清理出的泥土卖到砖瓦厂，而验收泥土的工作人员，没有重视这批购进的泥土里面的陶片和石器，也许它们还在以不存在的方式存在着。偏偏冥冥之中它就与你相遇了，接下来的一切的一切，其中任何一个环节的缺失，都有可能影响抢救性发掘工作的进展，即便如今可以娓娓道来，聆听之下，还是那么的扣人心弦。

似乎有股力量在催促着我去看看，于是友人拨冗陪同，一路寻访。毕竟距最初发掘时有些年头了，年轻人不一定知晓，只好请教年长者。被访者中的第二位，告知就在他家的田地里，指点了路线，听闻下，离我们此刻所在的地方，应该还有些路程，驱车前往，走到一岔路口，选择了小路的方向。

水乡路弯，两旁的树枝、芦苇一路擦刮着车身。行至小桥，见河边一浣衣老妪，于是扯嗓打听，未有答应，或许有些耳背吧，再次提高嗓门，就是1995年那年冬天，还未说完，她告诉我们，不识字，不懂什么几几年。确实有些年老者，他们只按阴历过日子，按节气做农事。看她居住的小屋，旁有河流，后有田野，日出而作，日落而息，如今能活成不被时间追赶的境界，还真是羡煞人啊。屋内休憩的老翁闻声而出，听完叙述，告知我们前几年还有人在挖土的，家中有个亲戚去干过活儿，大致说了个方向，听出来了，他说的应该是第二次发掘。掉头，上大路，过大桥，又到了一岔路口，看样子是个小集市，大家对遗址的具体方位说法不一，问开店的老板，终于得到具体的位置，有些兴奋。到达指引者所说的目的地，感觉与想象中的有差别，观望良久确信，此行没有找到答案。

第二次前往，在向导的助力下，顺利抵达。过西家圩桥，只见稻田广阔，沿田埂直行不远，一丛芦苇与“开庄遗址”的石碑四季相望。立存的石碑，意义深远，石碑之下，隐藏着几千年的密码。稻田秋色静，芦苇风中鸣。举目四顾，明静清朗，午后的秋阳，毫不吝啬地铺洒在绿叶黄穗的稻田上，风惊醒了颗粒饱满的稻谷，稻谷终其一生，也不改慈悲的秉性，丰收在望在层浪翻滚中盛开。

拨开庄稼的叶身，想从软润的泥土里，捡拾一粒风干的历史，放在耳边轻摇，听听悠远的风歌浪吟。泥土之下有多少故事赓续到泥土之上？数千年间如恒河沙数。每个日子都是鲜活的，时间之手翻过的一页页中，有繁花盛开时的锦簇，也有野火烧尽后的静默。每片土地也是鲜活的，时序如流，春雷喊动地气，绿色紧锣密鼓地铺展开来，田野广袤无垠，气象庞大万千。

如今，耕耘在这片热土上的人们，沐着新时代的阳光，在多个领域谱写新篇章，铸就新梦想。先民们不畏艰难、开拓进取、追求卓越的精神，随时间渗透。做大做强特色产业的思路，助推了不锈钢产业集群的形成。坚持因地制宜、循序渐进的发展之路，筑梦乡村建设，共绘美丽画卷。烈士的鲜血锻造的红色精神，历久弥新，赋予这片土地深厚的底蕴和高尚的灵魂，为这里注入了不朽的精神动力，续写着属于自己的几千年的骄傲和自豪。

泥沙沉积出的冲积平原，海滨湿地上，当春风吹进泥土的裂缝，也就吹出一片葱茏来了。泥土丰饶，生出万物，生出辉煌，生出悲壮，生出不朽，生出梦想和悸动。深植的根须，流淌的河水，是否触摸到那些埋藏在新石器时代的秘密？或许，它们早已相谈甚欢。草木一茬又一茬，枯荣交替，滚滚前行的历史车轮，在增加时间的厚度，无价的精神财富，将会与山川同在，与岁月共存。